SANTA BARBARA
3

DES ŒILLETS POUR KELLY

Dans la même collection

Santa Barbara (Générique, 1988)
Santa Barbara 2 (Générique/TF1 Éditions, 1989)

Joan Summers

SANTA BARBARA
3

DES ŒILLETS POUR KELLY

roman

Traduit de l'américain
par Pierre Barheuil

GENERIQUE

TF1
EDITIONS

PRINCIPAUX PERSONNAGES

Famille CAPWELL :

Channing Senior, le père
Mason, le fils aîné (sa mère, Pamela, fut la première épouse de Channing Senior)

Kelly Channing Junior Ted Eden	les enfants de Channing Senior et de Sophia, disparue depuis 15 ans.

Famille PERKINS :

John, le père
Marisa, la mère
Joe
Amy

Famille LOCKRIDGE :

Lionel, le père
Augusta, la mère
Warren
Laken

Peter Flint, ex-fiancé de Kelly
Cruz Castillo, ami d'enfance de Joe
Véronica Gayley, maîtresse de Mason
Cliff, lieutenant de police

CHAPITRE 1

Le soleil, qui régnait en maître sur la baie de Santa Barbara, s'était, comme chaque matin, infiltré entre les lattes des stores vénitiens, dessinant de jolis rectangles de lumière sur la moquette aux couleurs un peu passées et sur le papier peint de la chambre. La légère brise qui soufflait du large faisait bouger les feuilles des palmiers plantés juste devant la fenêtre, produisant un agréable bruissement, tandis que de suaves senteurs tropicales flottaient dans l'atmosphère déjà tiède. Une bibliothèque basse, quelques haltères jetées sur le sol, une photographie encadrée, représentant des voiliers, une table qui servait aussi de bureau et, enfin, un lit étroit, à une seule place, constituaient l'essentiel du mobilier quasi spartiate de cette pièce, qui aurait pu être celle d'un étudiant. Sans être luxueux, l'endroit était pourtant confortable, comme le sont la plupart des condominiums californiens, surtout en ces lieux privilégiés qui dominent la côte et l'océan Pacifique. C'était un havre, un coin charmant baigné par un éternel été et dont bien des citadins se seraient largement contentés.

Mais, pour son unique occupant, habitué à plus de fastes, l'appartement n'était, hélas, que le symbole d'une déchéance!

Encore au lit malgré l'heure tardive, Peter Flint n'arrivait pas à définir sa propre humeur. C'était étrange de se sentir tout à la fois plein d'allant, déterminé, prêt à reconquérir des royaumes perdus, et si profondément, si terriblement désespéré! A peine éveillé, il n'avait en fait qu'une envie : replonger dans le sommeil et retrouver cet univers où, le temps d'un rêve trop court, la seule femme qu'il eût jamais aimée venait le rejoindre... Tout, alors, redevenait comme avant! Il était encore directeur du groupe hôtelier de la toute-puissante famille Capwell, il habitait un somptueux palace, partageait ses journées entre le yacht et l'hacienda de sa future belle-famille. Channing Capwell l'appelait son gendre. Officiellement fiancé à la plus belle femme du monde, il était choyé, respecté, faisait sa loi parmi un véritable bataillon d'employés. Lui, le petit professeur d'éducation physique, doté de son seul charme et de son intelligence, était parvenu à gravir tous les échelons. Il était M. Flint – et non plus simplement Peter –, futur héritier par alliance d'un des plus grands empires du pétrole, déjà au sommet de la gloire et avec tout un avenir devant lui. Mais, surtout, quelques jours à peine le séparaient de son mariage. Et il entendait sa voix, si douce, si sincère. Elle lui disait qu'elle l'aimait, que rien ne les séparerait, jamais... qu'il n'y avait que lui!

Peter ouvrit les yeux, serra son oreiller et murmura : « Kelly... Kelly... » jusqu'à crier son nom, étonné d'entendre résonner sa propre voix dans la chambre presque vide.

Kelly!..

Tout avait alors basculé!

Joe Perkins, l'éternel paria, injustement ou non accusé de la mort de Channing Junior, le frère de Kelly, avait fini par convaincre cette dernière de son innocence. L'aimait-elle encore après tant d'années? Peter en doutait. Mais il connaissait suffisamment sa Kelly pour savoir qu'elle haïssait l'injustice et préférait à toute autre cause celle des faibles, des victimes, des perdants. Elle s'était ralliée à Joe, tandis que Peter, fervent défenseur des intérêts de la famille Capwell – pour autant qu'ils concordent avec les siens –, rejoignait l'autre camp. Cela avait été sa première erreur. Celle de s'associer à Mason. Croyant pouvoir ainsi compenser ses cinq années de prison, Kelly avait rendu à Joe sa place auprès d'elle. Ensemble, ils étaient parvenus à obtenir une réouverture du procès, en vertu du sacro-saint principe américain selon lequel un accusé qui n'avoue pas, même condamné, est peut-être, malgré tout, innocent... Peter n'y croyait pas, bien sûr. Cela avait été sa seconde erreur!

La mise en accusation de Lionel Lockridge, dans le smoking duquel on avait retrouvé des pièces d'or volées la nuit du meurtre, était ensuite tombée comme une fatalité. Joe, lavé des charges qui pesaient contre lui, avait été réhabilité, y compris auprès de Mason et de Channing Capwell. Désormais, le futur mariage de Kelly faisait de nouveau la une des journaux, mais le promis ne s'appelait plus Peter Flint, il portait un nom maudit : Joe Perkins...

Le sort, depuis, n'avait fait que s'acharner contre Peter.

Tout d'abord contraint de céder à l'ignoble chantage de Ginger – qui connaissait son véritable nom et un peu trop de détails sur son passé –, il n'avait eu d'autre recours que de falsifier la comptabilité de l'hôtel. Mason s'en était aperçu. C'est ainsi qu'il avait perdu sa place, et du même coup la confiance des Capwell. Pour trente mille malheureux dollars, ses fiançailles avaient été rompues.

Mais, plus grave encore, il y avait ces problèmes de santé, avec lesquels il lui fallait dorénavant compter. Superbe athlète d'une trentaine d'années, Peter était interdit de sport depuis ce qu'il croyait être un simple et banal accident cardio-vasculaire. Son médecin appelait ça un anévrisme...

« Ridicule ! », se dit Peter en traversant la chambre pour se rendre dans la salle de bain. Anévrisme ou pas, il se sentait aussi bien qu'avant. Certes, il éprouvait des migraines de temps à autre et, parfois, de brusques vertiges. Mais ne fallait-il pas mettre ces incidents sur le compte du stress ? Seules ses pertes de mémoire, assez fréquentes il devait bien le reconnaître, avaient fini par l'inquiéter. Des pans entiers de son existence disparaissaient depuis peu, lui laissant l'impression désagréable d'un dédoublement de personnalité. Qu'avait-il fait la veille, ou bien la nuit dernière ? Il ne s'en souvenait plus. Mais, quelque chose au fond de lui, une forme de conscience tapie, toujours en alerte, lui soufflait que, surtout, il *ne voulait pas* se souvenir ! Peter se rassurait alors : des troubles passagers, sans aucun doute. Et puis, l'avenir était plus important !

Une main caressant son visage, Peter se sourit dans le miroir de la salle de bain. « La chance, se dit-il, est une créature aveugle et capricieuse, souvent mesquine, qui s'amuse à vous donner, puis vous reprendre, pour donner à un autre ce qui, en fin de compte, vous appartient ! Mais à ce jeu, la chance ne gagne pas toujours. Il suffit de savoir lui forcer la main ! »

Vêtu d'un t-shirt et d'un pantalon de jogging, il regagna la chambre. Le livreur de journaux avait, entre-temps, glissé la dernière édition du *Santa Barbara Chronicle* sous la porte. Machinalement, Peter ramassa le quotidien...

LE TUEUR A L'ŒILLET FRAPPE ENCORE!

Le titre, énorme, s'étalait sur cinq colonnes en première page. A cette lecture, Peter chancela. Il se rattrapa *in extremis* au rebord de la table puis, après un temps, reprit ses esprits. L'article annonçait la mort de Summer, une de ses anciennes élèves, amie intime de Kelly, tout aussi blonde qu'elle et presque aussi jolie. La malheureuse avait été étranglée dans une ruelle après avoir passé la soirée à *La Mesa*, le restaurant mexicain que fréquentait Kelly...

Rageusement, Peter jeta le journal par terre. *Kelly, toujours Kelly!* La semaine précédente, une serveuse du même restaurant était morte, dans des conditions presque identiques. A côté du corps, la police avait découvert un œillet, naïve signature du meurtrier, qui espérait sans doute ainsi transmettre un message. Mais quel message, et à qui? L'espace d'un instant, Peter substitua le visage de Kelly à celui de Summer, puis à celui de la serveuse, qu'il connaissait également. Elles se ressemblaient, toutes les trois, au point qu'elles auraient pu être sœurs... Et ces œillets... Les fleurs préférées de Kelly...

Pris du besoin subit de se mettre en mouvement, Peter ramassa les haltères, qui traînaient au pied du lit. Aucun docteur au monde ne lui interdirait d'entretenir sa forme! Personne, non plus, ne le forcerait à prendre ses médicaments. Et nul n'était assez puissant pour le faire renoncer à Kelly! Au prix d'un effort évident, il souleva les poids et, pendant près d'une demi-heure, le cœur battant à tout rompre, il répéta les mêmes mouvements.

Enfin, l'esprit vide, le corps en sueur, il se laissa tomber sur une chaise. Un long moment, il resta ainsi prostré, attendant que son cœur reprît un rythme normal. Alors, lentement, il tourna la tête vers le lit... Sur la table de nuit, dans un vase transparent, trônait un magnifique bouquet d'œillets. Les fleurs, cueillies et achetées la veille, étaient encore fraîches.

Il comptait les offrir à Kelly...

Joe vivait désormais dans l'appartement de Kelly. Des rideaux paille et un joli papier à grosses fleurs bleues abritaient un ravissant petit nid d'amour, décoré avec un goût très sûr, bien qu'il ne fût pas tout à fait le sien. De toute façon, pour passer une nuit avec elle, Joe aurait accepté de dormir n'importe où. Y compris en prison, malgré le souvenir effroyable qu'il en avait.

Kelly somnolait encore, sa lourde chevelure d'or étalée comme une couronne soyeuse sur la taie d'oreiller. Appuyé sur un coude, immobile, Joe la regardait, émerveillé. Non, il ne rêvait pas! Il avait encore le goût de ses lèvres sur les siennes, et leur longue étreinte de la nuit dernière avait laissé ses marques incrustées dans sa chair. Dans une semaine, ils seraient mari et femme... Il avait du mal à y croire. Pourtant, Channing Capwell en personne leur avait donné sa bénédiction. « La réalité, pensait-il, est parfois plus belle que les songes... » Puis, soudain, son humeur s'assombrit. Il avait presque oublié la mort de la pauvre Summer...

Avec d'infinies précautions, il rabattit les draps et sortit du lit. Kelly en fait ne dormait pas. Aussitôt, elle ouvrit les yeux et sourit. Joe avait déjà entrepris d'enfiler sa chemise...

– C'est gentil! dit-elle.

– Quoi donc?

– De me regarder pendant des heures quand je dors et ensuite de te lever sans faire de bruit. Voilà ce que j'appelle un mari attentionné...

– Justement! rétorqua Joe d'un ton faussement courroucé. Tu étais censée dormir, et ne pas savoir que je te regardais!

Ils éclatèrent de rire, puis elle lui tendit les bras. Oubliant sa chemise, Joe se laissa retomber sur le lit et la serra contre lui. Ils restèrent ainsi de longues minutes, sans dire un mot, simplement heureux d'être ensemble, Joe caressant sa chevelure, et elle creusant du bout des ongles de tout petits sillons dans son dos. Mais il était déjà tard. Joe s'écarta bientôt.

– Oh, oh! fit-il, à la manière de Dustin Hoffmann dans le rôle de Rain Man. Encore deux minutes et je suis en retard...

– Je sais, sourit Kelly. Ne t'en fais pas pour tes boutons. Si tu les arraches, je les recoudrai.

Le futur époux avait déjà perdu deux boutons. Mais, après tout, ce n'était pas grave. Il vivait en Californie. Le pays où la seule convenance était de n'en respecter aucune. Les yeux mi-clos, Kelly referma les bras sur elle-même, l'étreignant à distance, le visage radieux.

– Joe, si tu savais, je suis tellement heureuse!

Il enfila son pantalon, avant de demander.

– Oui, pourquoi?

Kelly haussa les épaules, affichant une ravissante moue de petite fille comblée.

– Je n'en sais rien... Pour tout.. Peut-être parce que papa est enfin de notre côté, et que je vais pouvoir vivre librement avec mes deux familles.

– Tes deux familles?

– Oui, je n'aurai plus à choisir entre vous, à présent que papa nous offre le mariage et que toi tu l'acceptes...

Elle ajouta, l'air gourmand et mutin :

– ... Et je vais pouvoir manger un succulent gâteau de noces!

Joe avait enfin fini de s'habiller. Kelly se leva à son tour et enfila un pull de coton léger. Son côté simple, étonnant pour une jeune fille qui représentait une des plus grosses fortunes de la côte ouest, ajoutait à son élégance naturelle, et le pull, revêtu à même la peau, la moulait à ravir. Elle lut dans le regard de Joe l'effet que sa tenue lui faisait. Contrairement à la plupart de ses amies, Kelly n'avait aucun besoin de maquillage. Ses traits, d'une incroyable finesse, se contentaient de l'air de la mer et du soleil qui la faisait paraître dorée sans la brunir. Elle virevolta sur place, uniquement pour le taquiner, et fut heureuse de l'entendre dire qu'il ne voulait plus partir.

– Alors, reste! dit-elle.

– Tu sais bien que je ne peux pas...

– Alors dépêche-toi. Dans une seconde je ne réponds plus de rien. Et puis... Joe...

Elle devint grave, soudain.

– Ne tinquiète pas pour moi.

– Difficile de m'en empêcher, répondit Joe en s'approchant de la porte. Avec tout ce qui se passe... Tu seras prudente, tu me le promets?

Kelly était prête à tout lui promettre. Intérieurement, elle frémit, mais ne voulut rien laisser paraître. Elle aussi, toute à son bonheur, avait presque fini par oublier Summer. Pourtant, la réalité était là. Dans deux heures, il lui faudrait se rendre à *La Mesa*. La simple idée de revoir cet endroit lui fit perdre un instant tout courage.

– Je n'aime pas que tu sois seule, poursuivait Joe. Arrange-toi pour être toujours avec quelqu'un, surtout si tu te déplaces. Et, dès mon départ, ferme les deux verroux!

– Tu vas finir par me faire peur, dit-elle en frissonnant.

Il secoua la tête, d'un air qu'il voulait rassurant.

– Il n'y a rien à craindre si tu prends suffisamment de précautions.

Puis il sortit, sans toutefois parvenir à refermer la porte.

– Tu vas me manquer! dit-il encore.

– Cela m'étonnerait, rétorqua Kelly.

– Ah, et pourquoi?

Kelly courut déposer un baiser sur ses lèvres.

– Au train où tu vas, tu ne seras pas sorti de ma chambre avant ce soir!

Ils rirent. Puis enfin se séparèrent.

Le regrettant déjà...

Sophia Capwell avait parfois du mal à se souvenir qui elle était vraiment. Pour tous, et notamment pour ses enfants, pour son mari peut-être, elle était morte. Noyée voici quinze ans, au large de la baie, à bord d'un yacht qui portait son nom. Depuis, rien, pas même ce long voyage en Europe ni sa liaison avec Marcello, n'avait pu lui faire oublier le drame. Les raisons de sa disparition.

Mue par l'impérieux besoin de revoir les siens, elle était d'abord réapparue sous les traits de la mystérieuse Dominique. Mais plus d'une fois, alors qu'elle tentait d'aider Joe à se disculper, et par là même d'élucider le mystère de la mort de son fils, sa voix avait failli la trahir. Et ce malgré les pétarades de sa moto, et autres artifices qu'elle utilisait pour se maquiller. Dominique avait dû disparaître. Il ne restait d'elle, aujourd'hui, qu'une moto accidentée et un tas de vêtements calcinés.

A présent, l'identité qu'elle avait adoptée lui permettait de retrouver une parcelle de sa personnalité. Grâce à Marcello, elle était la comtesse Armenti, somptueusement accueillie dans la suite présidentielle de l'hôtel *Carlton*... Le plus beau fleuron de la chaîne appartenant à son mari ! Revêtue d'une vilaine perruque brune, les yeux cachés derrière des lunettes carrées en écaille qui la faisaient ressembler à une vieille fille, Sophia paraissait dix ans de plus. Ses enfants eux-mêmes ne l'auraient pas reconnue. Mais c'était le prix à payer pour que, justement, aucun d'eux ne l'identifiât. Car, enfin, elle allait les revoir. Et, pour cela, il lui faudrait dans une minute, une fois de plus, changer d'identité...

Un instant, Sophia sentit sa vieille haine remonter à la surface, tandis qu'un visage se dessinait dans sa mémoire. Elle reconnut Lionel Lockridge. Lionel, l'homme qu'elle avait tant aimé, mais qui, par sa trahison, avait causé sa perte. Aujourd'hui, grâce à elle, Lionel était recherché par la police. Victime inconsciente d'une vengeance qu'elle avait tramé pendant toutes ses années d'exil, il était à son tour obligé de fuir, de se cacher, de renoncer à son identité. Et ce n'était que le début ! A condition de savoir se montrer patiente, elle finirait sans doute par le débusquer. Il ne resterait plus alors qu'à le livrer au procureur. Lionel n'aurait que ce qu'il méritait. Il croupirait pour le restant de ses jours en prison...

Cette perspective, issue d'un plan minutieux tout autant que machiavélique, eut le don de la calmer. Lionel n'était pas le problème pour le moment.

Sophia ajusta sa perruque, puis, le visage devant son miroir, essaya de se composer une voix.

– Cela fait quinze ans... quinze ans que j'attends cette journée. Mes enfants sont devenus adultes. Est-ce qu'il est trop tard? Et Channing, se souvient-il seulement de moi? Que penserait-il, s'il me voyait maintenant, en quelque sorte chez lui? Me reconnaîtrait-il, avec ma perruque et mes lunettes?

Elle réalisa tout à coup qu'une autre qu'elle-même lui parlait. Elle avait pensé à voix haute, sans s'en rendre compte, imitant à la perfection le timbre de la vieille journaliste qu'elle voulait paraître. L'illusion était saisissante.

Satisfaite, Sophia décrocha le téléphone, puis composa le numéro de Kelly. Celle-ci répondit à la deuxième sonnerie.

– Mademoiselle Capwell? dit Sophia. Ici Suzanne Carlyle. Je travaille pour un magazine de New York, et j'effectue un reportage sur les jeunes filles les plus célèbres de la côte ouest. Le choix de ma rédaction s'est tout naturellement porté sur vous. Accepteriez-vous de m'accorder une interview?

La voix de sa chère petite fille avait mûri. Elle était pourtant restée douce et tendre. Tout au plus Sophia sentit-elle une légère tension – peut-être un peu de méfiance – lorsque Kelly lui demanda :

– Mme Carlyle, m'avez-vous dit... Et vous travaillez pour quel journal?

Si Channing Capwell se souvenait encore de Sophia, sans doute avec un reste de tendresse, et peut-être même au point de la reconnaître, avec ou sans perruque, il avait pour l'instant d'autres soucis en tête. Le magnat du pétrole était habitué à la vie turbulente que lui imposaient ses nombreuses fonctions. Il savait, le même jour, et souvent à quelques minutes d'intervalle, régler le problème d'un puits infructueux pour lequel des millions de dollars avaient été investis, organiser une équipe de lutte contre l'incendie, faire face avec astuce aux fluctuations boursières, déceler un nouveau terrain, décider d'y construire un hôtel ou une résidence luxueuse, embaucher trois assistantes, deux cadres supérieurs, en congédier autant; et sa tension, malgré tout, était parfaite : 12/6. Le pouls d'un grand sportif, nullement celui d'un quinquagénaire devenu milliardaire à la force du poignet...

Pourtant, les problèmes familiaux l'affolaient.

Tant qu'il s'était agi d'interdire à Kelly d'épouser ce Joe Perkins, puis de le traquer, de l'éloigner d'elle, encore avait-il su tenir son rôle. Capwell avait la conviction que la tâche d'un père était de protéger ses enfants, parfois contre eux-mêmes s'il y allait de leurs vrais intérêts. Or quels pouvaient être les intérêts d'un Capwell, sinon, avant tout, de défendre son camp? Capwell reconnaissait pourtant volontiers son erreur de jugement sur Joe. Lui et Kelly allaient donc bientôt se marier... Seigneur, que c'était paniquant!

Mason aussi était la cause d'un bon nombre de tourments. Élu procureur grâce à la toute-puissance de son père, l'aîné des Capwell détestait la politique, alors que Channing le voyait sénateur, sinon Président. Ce qui n'était, évidemment, pas du tout au goût du fils. Et, parmi bon nombre de défauts, Mason avait hérité de son père un entêtement calamiteux. Il faudrait, bientôt, qu'ils aient une discussion.

Restaient, parmi ses enfants, Ted et Eden. Ted, l'adolescent turbulent, qui lui avait fait l'affront de tomber amoureux d'une Lockridge. Certes, la petite Laken n'était pas responsable de ses parents. Mais, pour un Capwell, mauvais sang, comme bon sang, ne saurait mentir... Ted, d'une certaine manière, trahissait la famille. Il était pourtant en âge de comprendre! Channing se promit de lui faire entendre raison.

Seule Eden, l'aînée des filles, la plus sage, ne lui causait aucun souci... Encore que! Channing désespérait de la voir entretenir sérieusement une relation sentimentale. A ce train là, Eden risquait bien de rester vieille fille...

Oubliant pour un temps ses tourments de patriarche, Channing Capwell reporta son attention sur la lettre que lui avait préparée Gina. C'était une réponse à son avocat, qui lui demandait de confirmer son accord sur une procédure. La jeune femme avait été à l'essentiel, et il n'y avait rien à ajouter. Capwell releva la tête pour regarder la ville blanche et ensoleillée, qui s'étirait derrière la grande baie vitrée. Dehors, il faisait une chaleur étouffante. Heureusement, la climatisation fonctionnait à plein dans son bureau. Il défit sa cravate, qui le serrait un peu, et, se levant, entreprit de la renouer. Deux jolies mains, longues et fraîches, vinrent aussitôt se glisser autour de son cou. Il se retourna, Gina, son assistante et, depuis peu, sa maîtresse, lui souriait...

– Laissez-moi faire, dit-elle. C'est ma spécialité.

Channing se méfiait des femmes, et de ses maîtresses en particulier. Lorsque Gina était tendre de la sorte, c'était généralement qu'elle avait quelque chose à lui demander. Le loup solitaire qui sommeillait en lui l'inclinait à une prudence qui frisait parfois le cynisme. Il s'abandonna, cependant. Même un loup pouvait avoir besoin de se laisser aller.

– C'est étrange, dit-il. Je trouve de plus en plus de choses que vous savez faire à la perfection.

– Merci, fit la jeune femme en minaudant.

– C'est comme la décoration de cette pièce... Tout est parfait. Je ne vois vraiment rien que je veuille changer.

Gina rougit du compliment. Elle se glissa dans ses bras, et, pendant un bref instant, Capwell oublia sa méfiance à l'égard de l'autre sexe. Puis ils s'écartèrent l'un de l'autre.

– Je prends un grand plaisir à faire tout cela pour vous, dit-elle en le regardant droit dans les yeux...

D'une main, elle lissa son veston, soudain hésitante, et Capwell comprit qu'était venu le moment de la requête. Effectivement, Gina prit aussitôt sa voix la plus charmeuse pour demander :

– Vous rappelez-vous le jour où vous m'avez dit que vous aimeriez nous emmener en voyage, Brandon et moi, rien que nous trois?

– Oui, je m'en souviens, rétorqua Capwell, sur ses gardes.

– Ce jour-là, j'avais refusé, parce que je pensais ne pas être prête. J'aimerais changer d'avis. Est ce que je peux?

Capwell se sentit soulagé. Ce n'était donc que cela!

– Vous avez deux choses à me dire, fit-il d'un ton un peu bougon... Où et quand? conclut-il en souriant.

Un instant inquiète, Gina manifesta sa joie par une petite pirouette, faisant flotter les volants de sa robe noire autour d'elle. Le sombre lui allait à ravir.

– Oh, ce sera merveilleux... Je ne sais pas trop où, mais j'ai déjà décidé quand. Disons, après le mariage de Kelly, si la date vous convient...

– Parfait! On pourrait choisir une île, un pays exotique...

– Oh oui... Ce serait romanesque!

– Bonjour papa!

C'était Eden, qui venait d'entrer dans la pièce. Instinctivement, Capwell se raidit, puis recula d'un pas. Il n'avait plus l'âge de roucouler et se sentait, tout à coup, ridicule.

– Je ne vous dérange pas? demanda sa fille avec ironie.

– Non... non... pas du tout, mentit Channing Capwell. Gina me montrait le brouillon d'une lettre qu'elle m'a préparée...

D'un pas résolu, Eden le rejoignit. Dédaignant la présence de Gina, elle déposa furtivement un baiser sur la joue de son père.

– Papa, je voudrais te parler...

Channing Capwell avait retrouvé son masque impassible.

– Je suis désolé, mais je suis déjà en retard pour un rendez-vous. Viens me voir en fin de journée. Nous aurons tout le temps de parler...

Là-dessus, il s'éclipsa, abandonnant sa fille et sa maîtresse en tête-à-tête, ce qu'il aurait préféré éviter. Mais son rendez-vous ne pouvait pas attendre. De la négociation qui allait suivre dépendait un bon million de dollars, et peut-être la mise en service d'une dizaine de nouveaux puits. « Tant pis, se dit-il. Eden et Gina ont suffisamment d'éducation pour ne pas s'étriper... »

Du moins, il l'espérait!

De fait, Eden ne resta que quelques secondes dans la pièce après son départ. Cela faisait longtemps qu'elle considérait Gina comme une intrigante, et la scène à laquelle elle venait d'assister ne faisait que confirmer douloureusement ses soupçons. Mal à l'aise, Gina essaya de l'amadouer en lui parlant du mariage de sa sœur. C'était, après tout, le grand événement du moment, et un terrain de discussion suffisamment neutre pour conserver un minimum de civilité. Eden se contenta de la toiser, avec, dans le regard, la morgue des grands de ce monde à l'égard de leurs serviteurs.

– Le mariage de Kelly ne vous concerne pas, répliqua-t-elle.

Là-dessus, elle partit en claquant la porte.

CHAPITRE 2

Le hangar se trouvait un peu en dehors de la ville et, pour s'y rendre, le meilleur moyen était encore d'emprunter la route côtière, pompeusement appelée « voie rapide », mais qui, à cette heure, était généralement dix fois plus embouteillée que la plupart des routes normales. Peter Flint avait néanmoins commis l'erreur de s'y engager. Coincé depuis plusieurs minutes entre un camion-citerne (frappé, comme pour le narguer, au sigle des Pétroles Capwell) et une Rolls-Royce Camargue décapotable, il était à bout de patience, lorsqu'un brusque mouvement des autres véhicules lui permit de se dégager. Peter se rua sur la première sortie et, en vieil habitué de la région, choisit un itinéraire un peu plus compliqué, mais qui avait au moins l'avantage d'être fluide. Un demi-mile plus loin, il arrêta sa Mercury devant une station-service Exxon. Cinq cabines téléphoniques étaient alignées à quelques mètres de la pompe à essence.

Il choisit la première et chercha quelques pièces...

Le matin même, Peter n'avait encore aucun plan précis, sinon qu'il avait décidé de revoir Kelly et de s'expliquer avec elle. Peut-être aurait-il alors une chance de la convaincre de son erreur. Leurs fiançailles étaient rompues, certes, mais il voulait l'entendre de sa bouche. Et, surtout, l'entendre dire qu'elle regrettait. Seulement, pour cela, il fallait qu'ils soient seuls, et Kelly ne prendrait jamais un tel risque... Sauf – l'idée avait germée, évidente par sa simplicité –, sauf si Joe lui demandait!

Convaincu de l'efficacité de sa stratégie, Peter composa le numéro de *La Mesa*, attendit qu'une serveuse vint en ligne et prit alors sa voix la plus séduisante. Comme il l'espérait, Kelly n'était pas encore arrivée.

– Ici Joe Perkins, dit-il. C'est ennuyeux, car j'avais un service à lui demander...

– Ah, vous êtes Joe! roucoula la gourde à l'autre bout de la ligne. Kelly n'arrête pas de parler de vous... Dites-moi toujours de quoi il s'agit. Je pourrai lui transmettre dès que je la verrai.

Peter marqua une pause pour reprendre son souffle. De nouveau, cette migraine! Il avait l'impression de voir le paysage en double. Deux voitures, deux stations-service, deux routes... Mais son plan fonctionnait. Il poursuivit :

– Voilà, j'ai besoin d'une boîte à outils qui se trouve dans un hangar, mais malheureusement je n'ai pas le temps d'aller la chercher. Kelly sait de quoi il s'agit. Ce sont des outils un peu spéciaux. Demandez-lui si elle peut s'en occuper pendant son heure de repos...

La serveuse était trop heureuse de rendre pareil service au fameux Joe Perkins, le futur époux de Kelly Capwell. Peter remercia, puis raccrocha, l'envoyant mentalement au diable.

Il remonta dans sa voiture. Un quart d'heure plus

tard, il arrivait devant le hangar. C'était une grande bâtisse, plantée au beau milieu d'un terrain vague. Aucun voisinage à moins d'un demi-mile à la ronde. Le lieu idéal pour une rencontre clandestine...

Satisfait, le regard dans le vague, Peter caressa l'œillet qu'il portait à la boutonnière.

La Mesa était une auberge typiquement mexicaine. Entourée d'une végétation luxuriante, de palmiers nains, de magnolias, de bougainvilliers, la petite bâtisse blanche et plate, dotée d'un patio, d'une multitude de balconnets et de torsades en fer forgé, évoquait une hacienda d'un autre siècle. On y servait des plats multicolores aux noms chantants, comme des hymnes au soleil : *enchiladas*, *tacos*, *guacamole*, *chili con carne*, *tortillas*, *chile*... Le soir, un petit orchestre de *mariachis* évoluait parmi les convives, entonnant de douces complaintes aux accents déchirés. Toujours des chansons d'amour. Dans la journée, les étudiants d'un collège tout proche s'y arrêtaient volontiers, le temps de déguster une crêpe fourrée à la mexicaine, bien à l'abri du soleil entre les murs épais, le regard flatté par un mélange de couleurs chaudes et vives.

Kelly eut pourtant un frisson en approchant ce lieu familier. Trois jours plus tôt, Summer y dînait encore en sa compagnie. Joe, songea-t-elle, avait raison de lui dire de se méfier. Le meurtrier ne semblait attiré que par un certain type de filles : blondes, jeunes, jolies... Elle frémit de nouveau. Comme elle ! Kelly se promit de redoubler de prudence.

Elle eut, en entrant, l'heureuse surprise de découvrir Eden qui l'attendait, attablée dans son coin habituel. Sa sœur aînée se leva à sa rencontre, souriante comme toujours, mais, remarqua-t-elle, le regard un peu plus sombre que d'habitude.

– Cela me fait plaisir que tu sois là, dit-elle en l'embrassant.

– Tu as le temps de déjeuner avec moi? demanda Eden.

Kelly allait répondre oui, quand elle se rappela son rendez-vous avec la journaliste. Elle fronça les sourcils et secoua la tête.

– Dommage, fit Eden, sincèrement déçue. Tu dois voir Joe?

– Non. (Kelly prit des airs de star pour s'amuser.) J'ai promis à une journaliste de lui expliquer ce qu'on éprouve à être la fille d'une célébrité!

– Vraiment?

Kelly se demanda à cet instant ce qui lui avait pris d'accepter. Mais cette Suzanne Carlyle, avec sa voix enjouée et ses intonations admiratives, avait tout fait pour l'embobiner. Et puis, Kelly devait bien se l'avouer: son bonheur, depuis ses fiançailles avec Joe, était tel, qu'elle voulait en informer la terre entière. Une joie pareille ne pouvait se garder pour soi. Elle prit les mains de sa sœur dans les siennes.

– Parle-moi plutôt un peu de toi. Tu avais quelque chose à me dire?

– C'est de papa que je voulais te parler, dit Eden en allumant une cigarette. J'avoue que je m'inquiète un peu pour lui...

Kelly connaissait déjà la suite. Eden avait toujours été un peu amoureuse de son père, à la façon dont les filles aînées le sont généralement. Déjà, du temps de Santana, elle avait tout fait pour éloigner papa Capwell de sa conquête. Et il était évident que, depuis peu, quelque chose se tramait entre Gina et lui. « Voilà donc la raison de sa présence ici! » conclut

Kelly, souriant intérieurement. Eden confirma en une phrase ses pensées.

– Je trouve qu'il manque de prudence quand il s'agit de femmes. Gina a l'impression qu'elle peut faire tout ce qu'elle veut de lui... Je les ai surpris tout à l'heure. On aurait dit de jeunes fiancés...

Kelly haussa les épaules.

– Si cela peut les rendre heureux.

– Non! Je parle sérieusement. Gina n'est pas aussi désarmée qu'elle le paraît. Elle ne m'inspire aucune confiance, et je la crois capable de... de...

– De?

Eden eut un geste impatient.

– ... de n'importe quoi!

Une serveuse leur apporta la carte et salua Kelly. Elle essuya la table puis, au moment de s'éloigner, pivota brusquement.

– Oh, Kelly, j'ai failli oublier... J'ai un message pour vous. Votre fiancé a appelé. Il voudrait que vous alliez chercher une boîte à outils dans un entrepôt. Il m'a dit que vous sauriez de quoi il s'agit...

– Mais Joc est à Ojaï, s'étonna Kelly.

Ojaï était l'emplacement d'un nouveau puits auquel Joe travaillait depuis qu'il avait réintégré les industries Capwell.

– Justement. Il a demandé que vous y alliez pendant votre heure de pause...

Kelly se mordit les lèvres. C'était la première fois que Joe lui demandait pareil service. Elle aurait tant aimé lui faire plaisir... Mais il y avait cette fichue journaliste! Eden semblait lire dans ses pensées.

– Je peux y aller à ta place, offrit-elle.

– Tu ferais cela?

– Mais oui, j'ai tout mon temps...

Kelly poussa un grand soupir. Sa sœur aînée était

vraiment adorable! Celle-ci se leva sans plus attendre, tandis que Kelly lui griffonnait ses instructions sur une serviette en papier.

– Vraiment, je ne sais pas ce que je ferais sans toi.

– Rien, évidemment! railla Eden. A quoi, sinon, serviraient les grandes sœurs...

Elles s'embrassèrent et allaient se séparer lorsqu'un raclement de gorge attira l'attention de Kelly. Une femme se tenait derrière elle, l'air gêné, n'osant l'aborder.

– Pardonnez-moi, fit la nouvelle arrivante. Kelly Capwell?

Sous sa perruque, avec ces grandes lunettes qui lui mangeaient le visage, Sophia, leur mère, était évidemment méconnaissable.

– Oui, et vous devez être Suzanne Carlyle...

– Désolée d'être en retard, dit Sophia en lui serrant la main.

– Pas du tout. C'est moi qui suis toujours en avance... voici ma sœur Eden.

Le regard de Sophia pétillait de joie derrière les verres épais. C'était, plus que de la joie, un authentique bonheur qui illuminait son visage et la rajeunissait presque, malgré son maquillage outrancier. Elle voulait revoir ses enfants et avait choisi de commencer par Kelly. Mais voilà que le hasard lui offrait ses deux filles, en une fois, après toutes ces années! L'émotion lui nouait la gorge. Elle parvint pourtant à demander :

– Mlle Eden pourrait peut-être participer à cette interview? Ce serait passionnant de comparer ce que deux sœurs, qui s'entendent bien, pensent de leur célèbre père...

– Navrée, fit Eden, mais il faut que je m'en aille. Une autre fois, peut-être?

Un peu déçue, Sophia prit place à la table de Kelly, s'assurant que ses mains ne tremblaient pas, tandis qu'Eden s'éloignait. La mère et la fille se retrouvèrent seules. Sophia avait beau s'être longuement préparée à cet entretien, elle ressentit aussitôt comme un vide, une absence, cette peur panique appelée « trac » qu'éprouvent les grands acteurs au lever du rideau. Les questions qu'elle voulait poser étaient pourtant simples. Il lui suffisait de savoir si ses enfants pensaient toujours à elle, s'ils la regrettaient, s'ils étaient heureux, unis, si leur père s'occupait assez d'eux... si leur père, enfin, avait des idées de mariage en tête, ou bien, toujours, un petit vide dans son cœur. Les phrases, malheureusement, ne venaient pas. Elle ouvrit la bouche, mais aucun mot n'en sortit.

– Vous devez faire un métier passionnant! dit alors Kelly, venant, sans le savoir, à son secours.

Cc fut comme un déclic. Sophia retrouva instantanément toute sa maîtrise.

– Passionnant, en effet. Le journalisme me permet de rencontrer des gens remarquables... Justement, je me suis permis de faire quelques recherches sur votre famille avant cet entretien. Je crois savoir que vous avez connu beaucoup de difficultés et qu'en particulier vous avez traversé une épreuve effroyable lorsque votre pauvre frère a été mystérieusement assassiné...

Les mots, maintenant, sortaient d'eux-mêmes. Pour un peu, Sophia se serait vraiment crue journaliste. A une exception près, pourtant : cette envie de prendre « le sujet de son prochain article » dans ses bras, de la faire asseoir sur ses genoux, de la cajoler, de l'embrasser... « Ma petite fille, pensait-elle, émue aux larmes. Ma jolie petite fille, devenue tellement femme! »

L'entretien dura une bonne partie de l'après-midi, et Sophia, habile manipulatrice, apprit par petites brides tout ce qu'elle voulait savoir. Channing avait bien une aventure, mais cette Gina, dont Kelly parlait avec tant de désinvolture, ne devait pas représenter un grand danger. Channing n'en était pas à sa première conquête ni à son premier coup de cœur pour une petite oie, surtout si cette dernière avait vingt ans de moins que lui! Quant au reste, elle le savait déjà – ou le souhaitait si fort que le contraire l'eût anéantie – : ses enfants, bien sûr, la regrettaient. Et surtout elle, Kelly, sa fille préférée...

– C'est étrange que vous me parliez de ma mère, dit Kelly, car j'ai beaucoup pensé à elle ces derniers temps. Depuis le tremblement de terre, il y a des souvenirs qui reviennent me hanter...

Comme bon nombre d'habitants de Santa Barbara, Kelly avait de justesse échappé à la mort lors du séisme, quelque six mois plus tôt. La ville se remettait à peine de la catastrophe, et des quartiers entiers, dans le centre et les faubourgs, étaient encore à l'état de ruines.

– Quels souvenirs? demanda Sophia.

– Ils sont assez vagues. J'ai parfois l'impression qu'il y a un mystère autour de sa mort. Quelque chose qui manque, quelque chose que je n'ai jamais très bien compris...

Elle secoua la tête et rit.

– Je dois vous sembler un peu dérangée...

– Pas le moins du monde! répliqua Sophia en la regardant d'un air qui parut bizarre à Kelly. Vos sentiments sont parfaitement compréhensibles. Votre mère vous manque et vous aimeriez qu'elle revienne...

– Justement, je n'en suis pas si sûre!

Sophia sentit ses mains trembler, et elle dut les cacher sous la table. La tristesse qui l'envahit à cet instant était un étrange mélange de remords, d'amertume et de douleur aiguë, presque physique. Kelly avait donc dû apprendre des choses sur elle, sur son passé, peut-être même sur les circonstances de sa prétendue mort. Trop de rumeurs couraient à Santa Barbara sur la disparition de Sophia Capwell. Sophia voulut en savoir plus, mais la réponse de sa fille fut catégorique.

– Je n'ai plus envie d'en parler, d'accord?

Et Sophia comprit qu'elle était devenue un sujet tabou pour ses enfants. Et qu'elle ne tirerait rien de plus de Kelly.

Le jour parvenait à peine à s'infiltrer par deux lucarnes poussiéreuses, baignant l'entrepôt dans une pénombre lourde et grisâtre qui renforçait l'atmosphère inquiétante et l'aspect misérable des lieux, encombrés de caisses et d'objets. Tassé derrière de grands fûts remplis d'huile de moteur, Peter Flint attendait. Son poste d'observation lui offrait la meilleure vue possible à la fois sur l'entrée et sur le casier collé au mur, dans lequel Joe enfermait ses outils. Il regarda sa montre. Il guettait depuis deux heures. Kelly ne devrait plus tarder...

Et soudain, la migraine. Plus forte, plus douloureuse que jamais. Devant ses yeux troublés, l'entrepôt disparut, faisant place à l'appartement qu'il occupait avec Kelly en des jours plus heureux. La voix de sa fiancée résonna dans sa tête, vibrante, implacable.

« Peter, c'est terminé! Ne me touche pas! »

Kelly, de nouveau, mais plus douce :

« Peter, mon chéri, tu as été si gentil pour moi. Tu m'as aidée à oublier Joe et ce qu'il avait fait à ma famille. Je crois que je t'aime. »

Elle encore, parlant comme à son valet :

« Je ne t'ai jamais aimé. Je n'ai jamais oublié Joe. Ne me force pas à te détester. Laisse-moi tranquille ! »

Peter prit sa tête entre ses mains, la bouche ouverte sur un cri muet. La douleur physique était effroyable, mais presque anodine comparée aux souffrances de son âme. Un instant, il crut qu'il allait mourir, s'effondrer là, entre les barils d'huile, seul, comme un chien – et Kelly, alors, le découvrirait. Kelly...

Il s'apaisa.

Ne venait-il pas d'entendre la porte coulisser, et des pas, maintenant, qui se rapprochaient ? En un instant, la douleur disparut, le laissant haletant, le cerveau encore plein d'images... comme une juxtaposition confuse de son désir à la réalité. La femme qui s'avançait vers lui était blonde, elle portait une robe rouge, un foulard, des chaussures à hauts talons...

Quelque chose en lui reconnut Eden et le lui dit. Mais il fit taire cette voix. Il avait appelé Kelly, c'était donc Kelly qui acceptait enfin son rendez-vous secret.

Il attendit que la jeune femme ait ouvert le casier et sorti la boîte à outils. Puis, lorsqu'elle s'accroupit pour en vérifier le contenu, il se jeta sur elle.

Eden eut à peine le temps de pousser un cri. Le poing de Peter s'abattit sur sa tempe, et elle perdit connaissance. Sans même avoir vu son agresseur...

Sophia était sur le point de partir et remerciait déjà Kelly pour l'entretien qu'elle avait bien voulu lui accorder, lorsque cette dernière fut appelée au téléphone. Quand Kelly revint, quelques minutes plus tard, elle avait le visage blême, et Sophia sut aussitôt qu'un drame venait de se produire.

– Mon dieu, gémissait Kelly. C'était Joe, au téléphone...

– Et alors?

Kelly regarda Sophia comme si elle la voyait pour la première fois. Puis, la voix nouée, elle parla de la boîte à outils, du service que, croyait-elle, Joe lui avait demandé et dont Eden s'était chargée à sa place...

– Seulement, conclut-elle, les larmes aux yeux, je viens de parler à Joe. Il n'a jamais appelé!

Sophia, paralysée par l'angoisse, comprit à son tour qu'Eden était tombée dans un piège. Un piège tendu à l'origine pour Kelly. Elle hurla presque :

– Il faut appeler la police!

– C'est fait, dit Kelly. Ils sont en route pour le hangar...

Elle saisit sa veste.

– ... Et j'y vais aussi!

CHAPITRE 3

Lionel Lockridge trouvait évidemment stupide d'être traqué de la sorte. C'était un sentiment qu'il ne pouvait, hélas, faire partager qu'à deux ou trois personnes, dont sa femme, bien sûr, ses enfants, peut-être, et – c'était d'ailleurs là son seul atout dans l'immédiat – la propre maîtresse de Mason, Véronica... Cette dernière, comme il s'en était douté, avait accepté de l'héberger. « Cacher » serait plutôt le terme, puisque la ville entière le recherchait.

Allongé sur le lit de Véronica, bien à l'abri dans le petit cottage, Lionel se remettait lentement de ses blessures. Véronica l'avait soigné comme seule une amante sait le faire. Pourtant, elle n'était pas sa maîtresse et ne le serait sans doute jamais. Le fait qu'il ait sauvé son frère d'une mort affreuse pendant le tremblement de terre n'était certes pas étranger à une telle sollicitude. Véronica savait s'acquitter de ses dettes. Mais Lionel, en parfait gentleman, n'y avait cependant fait aucune allusion.

Il parcourait le journal, inquiet comme tous les habitants de Santa Barbara de l'évolution de l'affaire du « tueur à l'œillet », lorsque le téléphone sonna dans la chambre. Véronica sortit de la salle de bain et alla décrocher. A son air, Lionel sut que c'était Mason. Il faillit éclater de rire.

– Je suis désolée, dit Véronica. Je viens juste de me rappeler brusquement, et avec effroi, que je devais déjeuner avec toi. Oh, c'est épouvantable ! Tu as dû m'attendre pendant des heures et me chercher partout...

« C'est exactement ce qu'il a fait ! » songea Lionel qui, du coup, en oublia son journal. Aucune nouvelle, fût-elle la plus sensationnelle, n'était aussi délectable que d'évoquer Mason et d'imaginer son air frustré à l'autre bout de la ligne. Non qu'il détestât Mason en particulier, mais Mason était un Capwell (sans doute, à ses yeux, le plus teigneux de tous), et sa fonction de procureur ne le rendait que plus antipathique et dangereux. Surtout quand s'agissait, pour M. le procureur, de déterrer la vieille affaire de l'assassinat de son frère (affaire jamais élucidée, qui remontait à six ans) dont lui, Lionel Lockridge, par un fâcheux concours de circonstances, était à son tour accusé. Il aurait voulu voir la tête de Mason si seulement il avait pu se douter un seul instant que l'homme qu'il traquait se trouvait au même moment dans le lit de sa maîtresse. L'aîné des Capwell en aurait fait au moins une jaunisse !

Lionel tendit l'oreille tandis que le plus subtil nectar se déversait de la bouche de Véronica. Gentiment, mais avec fermeté, elle éconduisit son amant, évoquant une fort diplomatique migraine et remettant aux calendes grecques la date de leur prochain rendez-vous. Puis elle raccrocha et se tourna vers lui.

– Vous savez quoi, ricana Lockridge. Je n'ai jamais connu meilleure menteuse.

– En tout cas, jeta-t-elle, glaciale, cela me fait plaisir de voir que vous allez mieux!

– Je l'espère bien, rétorqua Lionel. Surtout que c'est grâce à vous!

Véronica finit par sourire. Un joli sourire qui illumina son jeune visage, affina ses traits déjà si bien dessinés, et fit ressortir l'éclat de ses yeux mauves. Ce devait être une situation difficile pour elle. Contrairement à beaucoup de femmes que Lionel avait connues – et connaissait encore –, Véronica n'éprouvait aucun plaisir à mentir. Il lui fallait donc un certain sang-froid pour tenir tête à Mason. Nul, en conséquence, ne s'étonnerait qu'après cette brève épreuve elle fût aussi tendue... Mais Lionel revint à ses propres problèmes. Cette situation ne pouvait plus durer. Il se cachait depuis trop longtemps et n'avait même pas une chemise neuve pour se changer. Problème évidemment soluble : il lui suffirait d'appeler sa femme, Augusta, et de convenir avec elle d'un endroit où elle pourrait lui déposer des vêtements. « Dans une minute », se promit-il. Sa seule satisfaction, pour l'instant, était d'avoir pris la place de son fils, Warren, dans cet imbroglio effarant. Sans ce fichu smoking, dans lequel avait été retrouvée la pièce à conviction, aucun Lockridge ne serait accusé de meurtre aujourd'hui. Or le smoking appartenait à son fils! Mais, cela, ils étaient deux à le savoir... Warren et lui! Quelqu'un, en tout cas, avait cherché à le compromettre. Quelqu'un qui avait assez de griefs contre lui pour envisager, avec la plus grande sérénité, de le faire condamner comme criminel.

Et Lionel avait sa petite idée sur l'identité de son mystérieux ennemi...

Sa mystérieuse ennemie! devrait-il plutôt dire.

Comme si elle pouvait lire dans ses pensées, Véronica profita de ce moment même pour demander :

– Cette liste de voyageurs que je vous ai rapportée... vous ne voulez toujours pas me dire à quoi elle va vous servir?

La liste! Tout à sa jubilation, Lockridge avait failli l'oublier! Après réflexion, et de nombreux recoupements, il était arrivé à la conclusion que la pièce compromettante n'avait pu être glissée dans la veste qu'à un seul moment : lors du voyage en train entre Los Angeles et Santa Barbara. Heureusement, Véronica avait ses entrées à l'Amtrack, la compagnie des chemins de fer américains. Roulant sur lui-même, il récupéra la liste des passagers sur la table de nuit. « Voyons cela », fit-il, en commençant dans l'ordre alphabétique tandis que Véronica insistait :

– Vous savez que ma copine pourrait être renvoyée si quelqu'un apprenait qu'elle m'a donné cela!

– Adler, lut Lockridge. Agresh, Archer, Armenti...

Il s'arrêta de lire, fronça les sourcils...

– Armenti, John et Marcello Armenti...

– Vous m'aviez promis que vous ne me causeriez aucun souci, continuait Véronica. Lionel, j'aimerais que...

Lockridge fit comme s'il n'avait pas entendu. Pris d'une inspiration, il saisit le journal, qu'il se mit à feuilleter fébrilement.

– Tenez, tenez, voilà! fit-il tout excité. J'aurais dû y penser plus tôt. Ma mère dit toujours que les seules nouvelles intéressantes d'un journal se trouvent dans le carnet mondain. Écoutez... « Selon certaines rumeurs, non encore confirmées, la comtesse Armenti serait arrivée hier, dans le plus grand secret, à Santa Barbara. En provenance de l'une de ses splendides résidences européennes, elle serait accueillie dans la suite présidentielle de l'hôtel Capwell. On ignore évidemment la durée de son séjour... »

– Lionel! jeta Véronica. Mason commence à se poser des questions. Je crois qu'il vaudrait mieux, pour vous comme pour moi, que vous partiez d'ici!

Heureux comme un enfant à qui l'on vient de donner un nouveau jouet, Lockridge sauta du lit. Évidemment qu'il allait partir! Enfin, il avait retrouvé sa trace... Et tant pis si Véronica n'y comprenait rien. Armenti... la comtesse Armenti. Une seule femme pouvait se cacher sous un tel patronyme...

– Puis-je me servir du téléphone? demanda-t-il.

Véronica acquiesça. Quelques secondes plus tard, Lockridge avait en ligne Augusta, sa femme, et lui demandait de déposer des vêtements de rechange au pied de leur boîte à lettres. C'était un peu risqué, mais il jouait justement sur le fait que personne ne lui supposerait assez d'audace pour rôder autour de son propre domicile. Augusta promit de s'en occuper. Lockridge raccrocha et se tourna vers Véronica.

– Je peux vous demander un dernier service?

– Quoi donc? soupira-t-elle.

– De me prêter une veste...

Comble de l'ironie, Véronica puisa dans la propre garde-robe de Mason. Lockridge se déguisa donc en procureur. Enfin, il prit congé, au grand soulagement de son hôtesse, qui commençait sérieusement à s'inquiéter.

Le moment de l'action était enfin venu!...

La moitié des forces de police de Santa Barbara semblait avoir convergé vers le hangar. Tous gyrophares allumés, sirènes encore hurlantes, une douzaine de véhicules, certains banalisés, d'autres appartenant au comté et d'autres encore au shérif, avaient encerclé l'entrepôt et des hommes en uniforme couraient encore un peu partout lorsque Kelly, dans un grand crissement de pneus, arrêta sa Cadillac. Elle reconnut la voiture de Joe, celle de son frère Mason, et en fut soulagée. Quoiqu'il ait pu advenir d'Eden, elle savait maintenant que le maximum serait fait pour la retrouver.

Lorsqu'elle fut arrivée à l'intérieur du hangar, Mason la prit aussitôt en aparté. Procureur avant tout, et principalement chargé de l'enquête sur le « tueur à l'œillet », Mason avait du mal à oublier que la victime était, cette fois, sa propre sœur. Il fit néanmoins l'effort de se composer un visage rassurant. Rapidement, Kelly lui confia sa version des faits. En retour, Mason lui montra un morceau de foulard, découvert sur le sol, entre deux fûts d'huile, et qu'elle identifia comme appartenant à Eden. Alors, la réalité la frappa de plein fouet, et elle chancela : leur sœur avait bel et bien été enlevée. Nul ne pouvait dire si elle était encore vivante à cette heure!

Joe apparut à cet instant. Il la prit dans ses bras.

– J'ai fait aussi vite que j'ai pu, dit-il.

Puis, à Mason :

– Vous avez quelque chose?

– Ils ont retrouvé son foulard... commença Kelly.

Elle fut interrompue par un inspecteur.

– Regardez! On dirait du sang...

Accroupi, le policier grattait du bout de l'ongle une petite tache sombre sur le sol. C'était bien du sang! Et, sans aucun doute, celui d'Eden. Kelly sentit une main glacée lui étreindre le cœur.

– Elle a dû se débattre, poursuivit l'inspecteur. Cela prouve au moins qu'elle est toujours vivante. Sinon, on aurait déjà retrouvé le corps!

– Interrogez les habitants du coin, dit Mason. Voyez s'ils n'ont rien noté de bizarre ce matin. Et puis, pensez aux voitures. Fouillez également toutes les granges, les dessous d'escaliers, les terrasses...

Cliff, lieutenant de police et ami de Mason, arriva à son tour.

– J'ai fait un saut à la radio, annonça-t-il. Je leur ai demandé de préparer les hélicoptères...

Pour Kelly, c'était comme un cauchemar. Seule la présence de Joe, le contact de ses bras autour de ses épaules, l'empêchait d'éclater en sanglots. A l'angoisse s'ajoutait un atroce sentiment de culpabilité. Certes, Eden s'était spontanément offerte pour se rendre à l'entrepôt, mais Kelly n'arrivait pas à se défaire de l'idée qu'elle aurait pu éviter ce drame... en s'y rendant elle-même, puisque le piège lui était destiné...

– Il n'y a plus rien à faire ici, conclut Mason. Nous avons relevé toutes les empreintes que nous avons pu et ramassé tous les indices. Il ne reste qu'à attendre. Ne t'inquiète pas, Kelly. Nos hommes font tout ce qu'ils peuvent...

– Oui, murmura Kelly, d'une petite voix très faible.

Elle pensa en son for intérieur :

« “ Tout ce qu'ils peuvent ”... Mais cela sera-t-il suffisant ? »

Cruz Castillo était avant tout un homme d'action. Pompier volant, d'une témérité frisant l'inconscience, il s'était taillé le meilleur de sa réputation en éteignant des incendies de puits. Il faut dire que, lorsqu'un puits de pétrole s'enflamme, crachant des gerbes de feu qui peuvent atteindre jusqu'à cent mètres de haut, l'enfer, en comparaison, ressemble presque à un lieu de plaisance et de villégiature. Et, chaque fois qu'un tel drame avait failli mettre en péril l'empire Capwell, Channing lui-même avait fait appel à lui.

Pourtant, pour Joe et Kelly, Cruz Castillo détenait d'autres lettres de noblesse, infiniment plus précieuses à leurs cœurs. Ami sincère de Joe, tandis que la ville entière accusait ce dernier, le pompier avait été le seul à croire en son innocence et à se rallier à ses côtés. Il faisait désormais, en quelque sorte, partie de la famille... Et il en était conscient.

C'est en tant que tel qu'il s'intéressait à l'affaire du « tueur à l'œillet ». Affaire en forme d'énigme, dont son instinct – plutôt qu'un raisonnement précis – lui soufflait que Kelly était la clé, sinon le centre. En tout cas, la victime désignée, qu'un hasard bienveillant avait, chaque fois, épargnée.

Cruz s'était, jusque-là, contenté d'un rôle d'observateur. Or voilà que l'affaire venait de rebondir, confirmant, s'il le fallait, le bien-fondé de ses intuitions. De plus, le maniaque s'était attaqué à Eden, la sœur de Kelly... Eden pour laquelle, depuis quelque temps, Cruz, bien que le cachant, éprouvait une certaine attirance...

Cet enchaînement de faits eut pour conséquence de transformer l'homme d'action en machine à réfléchir. Selon le premier Cruz, la solution se trouvait avant tout sur le terrain. Mais le deuxième homme en lui croyait aussi aux vertus de la séduction... Et les deux confondus avaient un secret : Cruz Castillo n'avait pas, toute sa vie, été un pompier volant... Pas seulement !

Aussi n'avait-il qu'à peine été surpris en recevant la convocation de Cliff. Le policier affirmait avoir besoin de tous les avis possibles, et du sien en particulier. Sitôt arrivé au commissariat central, Cruz s'était retrouvé avec, dans les mains, un dossier à peu près aussi épais qu'un annuaire. Celui du tueur, évidemment, quoique la partie concernant directement un éventuel suspect n'en représentât pas le dixième...

Pour l'instant, Cliff faisait les cent pas devant la fenêtre, jetant de temps à autre un rapide coup d'œil à l'extérieur, comme s'il suffisait d'une vue perçante pour repérer le tueur dans le dédale des rues! Les cheveux grisonnants, un visage d'intellectuel, Cliff était un bel homme, grand, entièrement taillé pour l'action : tout comme Cruz. Mais, contrairement à beaucoup de ceux qui partageaient sa fonction, Cliff savait se montrer tout aussi efficace dans un bureau que sur le terrain. Cruz le respectait pour cette raison, mais pour bien d'autres qualités aussi : son sang-froid tout d'abord, sa méticulosité – presque de la maniaquerie lorsqu'il s'agissait de trouver des indices – et surtout son respect du devoir. Cliff n'avait jamais été homme à se défiler, quelles que soient les circonstances. Il ne le serait jamais...

Cruz acheva sa lecture.

– Ton avis? interrogea Cliff en s'asseyant en face de lui.

Cruz afficha un air mitigé.

– Cette étude ne nous apprend pas grand-chose de neuf! Je parle du profil psychologique... Un solitaire, des problèmes avec les femmes, des parents abusifs ou qui l'ont abandonné... tout cela est évident. On a un dingue, qui se promène en massacrant des filles! Mais son portrait n'est pas assez précis...

– Qu'est-ce qui manque?

Cruz n'avait encore jamais parlé à personne de sa théorie sur le rôle central de Kelly. Le moment était peut-être venu, mais, malgré l'enlèvement d'Eden, il n'était pas encore assez sûr de lui. Kelly pouvait être la clé, mais aussi la victime fortuite d'un concours de circonstances : les autres femmes lui ressemblaient, mais, de ce fait même, Kelly leur ressemblait et peut-être figurait-elle ainsi, simplement, sur une liste de filles qui auraient en commun d'évoquer, dans l'esprit du tueur, une femme encore inconnue de tous. Il essaya de mettre Cliff sur la voie.

– Sa fixation! Ses victimes ont toutes un peu plus de vingt ans, elles sont blondes et partagent le même physique. Ce type a une fille qui l'obsède. Trouve la cible et tu trouveras le tireur!

Cruz regarda Cliff et fut étonné de découvrir qu'il l'écoutait à peine. En fait, depuis son arrivée, Cliff manifestait le comportement suspicieux du chat qui a invité une souris à partager sa pâtée. Cruz referma lentement le dossier :

– C'est bon, dit-il. Tu ne m'as pas appelé pour me parler de psychologie...

Cliff se redressa, un léger sourire aux lèvres. De nouveau, il fit un petit tour du côté de la fenêtre, le temps d'admirer un grand voilier blanc qui traversait la baie dans le lointain. Le temps aussi de faire comprendre à Cruz qui menait le jeu!... Il se retourna brusquement :

– C'est exact. Je t'ai fait venir pour te proposer de t'engager!

Cruz faillit éclater de rire. C'était, de loin, la proposition la plus saugrenue qu'on lui avait faite depuis longtemps! Lui, un pompier volant, faire partie des enquêteurs à cinq cents dollars la semaine! Il s'apprêtait à demander à Cliff s'il n'avait pas surtout besoin de quelqu'un pour éteindre l'incendie qui menaçait son cerveau, mais quelque chose dans le regard de son interlocuteur l'arrêta.

– Tu connais ma réponse! dit Cruz.

– Je sais, mais je ne m'en contenterai pas...

Le policier contourna la grande table de conférences qui les séparait depuis le début de l'entretien pour se pencher sur un meuble bas dont il ouvrit le premier tiroir. Il en sortit une chemise peu épaisse, fermée par une grande lanière, qu'il posa devant lui en s'asseyant.

– Note que je n'ai aucune preuve, commença-t-il, mais disons que je me suis un peu intéressé à toi ces derniers temps. C'est certain, tu es bien dans ton fromage, mieux que moi, sûrement... Je ne peux pas imaginer qu'un seul gars de la cellule Action des services secrets ait jamais entendu parler de moi!

Malgré son entraînement, Cruz sursauta au terme « cellule Action ». Ses activités réelles dépendaient d'un classement si secret que le Président des États-Unis lui-même aurait dû faire appel à au moins trois instances supérieures pour découvrir qui il était vraiment. Et voilà qu'un petit flic de province (pour un New-Yorkais de pure souche comme Cruz, Santa Barbara était à peine un village!) lui annonçait tout de go qu'il était au courant. Cruz plissa les paupières, muré dans un silence prudent. Il était encore possible que Cliff ait dit cela au hasard, prêchant le faux pour l'acculer dans ses retranchements, ignorant en tout cas à quel point il avait misé juste... Mais le policier avait ouvert la chemise, dont il retira une carte postale qu'il jeta devant lui négligemment avant de poursuivre :

– Harvey Street... Ça ne te dit rien? C'est bien là-bas que tu as grandi, non? Regarde bien les signatures et dis-moi si tu n'en reconnais pas quelques-unes...

Cruz retourna la carte. Elle était adressée à Cliff, mais il y avait bien, là, le tiers des gars de sa section.

Ainsi, le policier avait ses antennes partout, y compris à la cellule Action de l'agence. « Pas étonnant après ça, se dit Cruz, que la C.I.A. ait la réputation d'être une vraie passoire. » Mais au fond, peu lui importait. Cliff savait... Et alors?

– Je n'ai pas eu de mission depuis au moins trois ans, dit-il.

– Justement, sourit Cliff. Tu dois te sentir rouillé...

Le policier avait un marché à lui proposer. En échange de son accord, Cruz aurait accès à toutes les informations concernant le « tueur à l'œillet ». Officiellement, il serait nommé inspecteur honoraire à titre temporaire.

– Dans la réalité, conclut le policier, tu seras responsable de l'enquête. A toi de la diriger, à toi de retrouver le tueur...

Il ajouta, d'un ton perfide :

– A toi, surtout, de sauver Eden, puisqu'elle est entre ses mains...

Ce fut l'argument décisif.

Cruz accepta.

CHAPITRE 4

C'était plus qu'une intuition. Lionel Lockridge en avait maintenant la certitude. Derrière la comtesse Armenti se cachait forcément une autre femme : une femme qu'il avait bien connue, et même aimée, au point que depuis quinze ans il considérait sa vie comme gâchée. Une revenante, mais en chair et en os. Sans doute terriblement aigrie après ces années d'exil en Europe. Un fantôme qui, comme toutes les apparitions légendaircs des vieux châteaux d'Écosse, était de retour pour se venger.

Sophia!

Et tout alors concordait... Le train, la veste de smoking, la malchance des Lockridge depuis quelques mois, les indices qui apparaissaient, disparaissaient, détournés à un seul profit : l'assouvissement d'une vieille rancune.

« Dieu, songea-t-il, ce qu'elle a dû me haïr! »

Telles étaient les sombres pensées que remuait Lionel Lockridge tandis que, camouflé sous la veste de Mason, il parcourait les couloirs déserts de l'hôtel *Carlton*, plus connu sous le nom de *Palace Capwell.*

Autour de lui, ce n'était que bois précieux, éclairages tamisés, tapis épais et moelleux, cuivres rutilants, mais, indifférent à tout ce luxe, Lionel n'avait qu'une angoisse : se retrouver nez à nez avec le détective de l'hôtel. Enfin, il parvint au dernier étage, celui de la suite présidentielle. Il se dirigea vers la lingerie...

Intérieurement, Lionel bénit le garçon d'étage joueur et endetté qui, quelques années plus tôt, pour une centaine de dollars, lui avait révélé ce secret connu de lui seul et découvert fortuitement : partant du principe que la suite présidentielle était destinée à accueillir de hautes personnalités du monde diplomatique, sinon – et pourquoi pas ? – des présidents, les services secrets américains s'étaient empressés, du temps de la guerre froide, de truffer les chambres de micros. Et – comme si cela ne suffisait pas –, pour faire bonne mesure, on avait également remplacé le miroir du salon par une glace sans tain, dont la face postérieure ouvrait sur la lingerie. Le dispositif n'avait, évidemment, jamais servi. A la longue, il était tombé en désuétude, et sans doute personne ne se serait-il souvenu de son existence si cet employé, d'un tempérament fouineur tout autant que joueur, n'avait un jour découvert un petit loquet et tiré dessus...

Lionel s'enferma dans la lingerie et tira à son tour sur le loquet. Puis il fit coulisser la cloison. Il avait beau s'y attendre, ce fut un choc !

De l'autre côté, assise, se mirant sans le voir, Sophia Capwell en personne était en train de défaire sa perruque brune après avoir ôté ses lunettes. Sa longue chevelure couleur paille tomba sur ses épaules, et elle lui apparut alors telle qu'il l'avait connue, comme si quelques mois à peine s'étaient écoulés. Certes, Sophia avait pris quelques rides, très fines, à la commissure des lèvres et autour des paupières, marques du temps qui passe et des soucis, des regrets qui s'accumulent; mais elle était encore d'une beauté stupéfiante. Elle avait l'air bouleversée...

Et Lionel comprit qu'il n'avait jamais cessé de l'aimer!

Son regard se porta alors sur l'homme qui se tenait derrière Sophia : grand, brun, de type italien... « Voici donc le comte Armenti », se dit-il. Une petite ouverture pratiquée dans le cadre du faux miroir permettait d'entendre tout ce qui se disait dans la suite. Lionel y colla son oreille...

C'est ainsi qu'il apprit la disparition d'Eden.

– Tu ne peux pas te rendre à la police, disait l'italien. Personne ne sait qui tu es, ils se poseraient des questions...

– Je pourrais toujours me faire passer pour une journaliste. Cela a bien marché avec Kelly...

– Non! Il ne faut pas. C'est trop risqué!

– Mais alors comment faire, Marcello? Tu ne crois tout de même pas que je peux rester comme ça, sans savoir ce qui est arrivé à ma fille!

Visiblement inquiet, Marcello faisait les cent pas dans la chambre. Pour se donner une contenance, Sophia avait machinalement entrepris de se coiffer. A la voir ainsi lisser ses longs cheveux, Lionel se souvint d'une scène semblable : un moment de sa vie dont il n'était pas fier. Cela faisait si longtemps...

Il se rappelait la froideur de Sophia, et ses gestes, les mêmes qu'aujourd'hui, tandis que, le plus calmement du monde, elle lui annonçait qu'elle était au courant de son mariage avec Augusta; qu'il l'avait trahie; qu'elle allait le quitter... Comment l'avait-elle appris? Il ne s'en souvenait plus.

Lionel portait encore la marque de ces instants inscrite au plus profond du cœur. Par stupidité – et par cupidité aussi, Augusta étant, à l'époque, un bon parti –, il avait, ce jour-là, perdu à jamais la seule femme qu'il aimait!

De l'autre côté du miroir, Marcello revint vers Sophia et lui passa la main dans les cheveux.

– Dans ces conditions, dit l'Italien, il vaut mieux que ce soit moi qui aille aux nouvelles...

Le regard anxieux, Sophia se tourna vers lui.

– Vraiment, tu ferais cela? Maintenant?

– J'y vais sur-le-champ!

L'Italien sortit du champ de vision de Lionel qui, un instant plus tard, entendit la porte se refermer. Restée seule, Sophia achevait de se coiffer. Lionel mit pourtant quelques secondes avant de prendre une décision. Fallait-il se montrer tout de suite, ou bien devait-il attendre? D'un côté, avoir démasqué Sophia sans qu'elle le sût lui donnait un avantage qu'il ne tarderait pas à exploiter. Mais il brûlait de lui parler! Finalement, ce fut un détail qui l'emporta : la laverie sentait la lessive et le désinfectant. Deux odeurs que Lockridge ne supportait pas!

Il attendit donc quelques minutes, sortit de son cagibi et frappa à la porte de Sophia.

– Excusez-moi de vous déranger, Madame, mais un monsieur a appelé le service pour qu'on vous apporte le déjeuner!

A travers le battant, la réponse de Sophia fut cinglante.

– Moi? Je n'ai rien demandé. Rapportez-le!

– Je me permets d'insister, Madame. Il a laissé un message et dit que c'était important!

Comme il s'y attendait, la porte s'écarta à peine : Sophia n'était pas femme à tomber dans un piège aussi grossier, aussi avait-elle mis la chaîne. Promptement, Lionel glissa son pied dans l'entrebaîllement.

– Toi?

Le visage de Sophia était celui d'une femme qui vient de voir le diable. Lockridge ne lui laissa pas le temps de reprendre ses esprits.

– Sophia, supplia-t-il. Il faut que je te parle. Ne me laisse pas dans le hall!

Sur les traits de Sophia, la colère avait remplacé la stupeur. D'un violent coup d'épaule elle essaya de refermer la porte. En vain. Lionel était beaucoup trop fort pour elle. Prise de panique, elle le menaça :

– Si tu ne pars pas d'ici, j'appelle la police! Je te préviens, Lionel, je hurle!

– Allons, comtesse, ricana Lockridge, je n'en crois pas un mot. Tu tiens trop à ton anonymat... Retire cette chaîne et laisse-moi entrer!

Sophia était rusée. Davantage que n'importe quel homme et sans doute infiniment plus que Lockridge. Le premier moment d'effroi passé, elle fit mine de céder. Naturellement, Lockridge dut retirer son pied pour lui permettre d'ôter la chaîne. Il fit un pas en avant... Au même instant, Sophia lui claqua la porte au nez. Le sang de Lockridge ne fit qu'un tour...

– Sophia! Je vais défoncer cette porte, tu m'entends! Ouvre, et tout de suite!

– Il n'en est pas question!

– Sophia!

Elle ne répondait plus.

Lionel colla son oreille au battant. Par le trou de la serrure lui parvint un cliquetis, puis la voix de Sophia, à peine un murmure.

– Allô! mademoiselle? disait-elle. Passez-moi le détective de l'hôtel!

Le cœur rempli d'aigreur, Lockridge prit ses jambes à son cou...

Eden revenait lentement à elle. Tout d'abord, elle sentit des vibrations dans son dos et sous ses cuisses, et comprit qu'elle était en voiture, tout en se demandant qui conduisait et ce qu'elle pouvait bien faire là. Elle écarquilla les yeux et fut prise de terreur : l'obscurité était totale ! « Mon dieu, se dit-elle, je suis aveugle... » Puis elle réalisa qu'un bandeau lui enserrait le visage. En partie soulagée, elle voulut l'arracher et découvrit enfin que ses mouvements étaient entravés.

C'est alors que la mémoire lui revint. En même temps qu'une douleur sur le côté du crâne.

On l'avait assommée, attachée, puis traînée dans cette voiture, et maintenant le véhicule roulait, avec elle à bord, totalement impuissante et aveugle, vers une direction inconnue !

Eden essaya de garder son sang-froid. Son ravisseur, quelles que fussent son identité et ses intentions, ignorait qu'elle était revenue à elle. Elle, en revanche, sentait sa présence, son odeur, entendait sa respiration et le frottement de sa veste à chaque mouvement du volant. Soudain, elle crut comprendre : l'homme n'en voulait pas à sa vie, sinon elle serait déjà morte. Cette conclusion la rassura. Il ne pouvait s'agir que d'un kidnapping avec demande de rançon. La suite lui vint comme une illumination : le meilleur moyen de mettre rapidement fin à cette épreuve, c'était d'entamer des négociations sur-le-champ !

Elle remua faiblement, puis toussota, de manière à suggérer qu'elle reprenait seulement conscience. Son agresseur, espérait-elle, n'allait pas manquer de s'inquiéter de son état. Il n'y avait qu'à attendre. Elle attendit donc...

Rien. Le silence traversé par le ronflement du moteur.

– Où suis-je? demanda-t-elle.

Personne ne répondit.

– Hé! fit-elle, il y a bien quelqu'un derrière le volant? Dites quelque chose... Où m'emmenez-vous?..

Elle sentit une brusque accélération qui la déporta sur la droite. Sa tête cogna légèrement la vitre. Eden avala sa salive plusieurs fois avant de demander :

– C'est... c'est l'argent qui vous intéresse? C'est ça, je ne me trompe pas... Eh bien, d'accord! Mais, je vous préviens, mon père ne versera pas un sou sans être sûr que j'aille bien. Il faut que je lui parle si vous voulez obtenir une rançon... Arrêtez-vous. Il suffit qu'on lui téléphone ensemble, qu'il entende ma voix...

Eden parlait, parlait, sans savoir si c'était pour meubler l'angoissant silence ou pour pousser son ravisseur à se dévoiler. La voiture tourna brusquement, emprunta une côte, et les vibrations se firent différentes, comme s'ils venaient de quitter une autoroute.

– Pourquoi ne répondez-vous pas? gémit-elle. Vous avez peur? Mais j'ai encore plus peur que vous... Attendez, j'ai compris, ce n'était pas moi que vous visiez, mais Kelly... Écoutez, tout le monde fait des erreurs. Vous ne m'avez pas vraiment blessée. Relâchez-moi, et il ne vous arrivera rien. Je ne vous ai pas vu, je n'ai même pas entendu votre voix...

Un cahot. Ils empruntaient un chemin de terre. Eden ignorait combien de temps elle était restée évanouie et ne savait donc pas combien de kilomètres ils avaient parcourus. Se trouvaient-ils encore près de Santa Barbara, dans la ville même, ou bien dans le sud, ou encore vers l'est, à l'intérieur des terres? Elle reprit, d'un ton suppliant :

– Si... si vous en avez besoin, je pourrais dire que

vous n'avez pas essayé de me toucher, ni de me frapper, que vous vouliez seulement parler. Oui, c'est ça, me parler, comme à une amie. Je sais très bien écouter, vous savez. S'il vous plaît, dites quelque chose!

Elle avait presque crié. Elle entendit un crissement de freins et se sentit partir en avant. Une portière qui claque. Une autre qui s'ouvre. Puis un souffle, tout contre elle, près de sa nuque...

– Que... qu'allez-vous... ?

Peter la fit taire en lui enfonçant un chiffon dans la bouche.

Depuis le premier meurtre, Santa Barbara vivait dans la psychose. Ces derniers temps, aucune femme n'osait plus sortir seule et, au fil des heures, la situation n'avait fait qu'empirer. Les petites maisons bleues, roses et blanches, inondées de soleil, habituellement si accueillantes, restaient désormais toutes portes closes : on n'ouvrait même plus aux livreurs.

Il faut dire que les journaux semblaient s'être donné le mot : les derniers titres étaient une surenchère de formules tapageuses. Fallait-il voir dans le « tueur à l'œillet » un « nouveau Landru », comme l'annonçait complaisamment le *Chronicle*, ou bien « un psychopathe assoiffé de sang », ainsi que l'affirmait le *Daily Time*, son concurrent direct? Un psychopathe en liberté, deux meurtres, une disparition, c'était en tout cas plus qu'il n'en fallait pour échauffer les esprits, dans une petite ville paisible où certains, d'habitude, se plaignaient qu'il ne se passait rien. Et, comme toujours, la police fut accusée d'incompétence...

La police, pourtant, faisait ce qu'elle pouvait!

A la demande de Mason, trois hélicoptères sillonnaient en permanence l'espace aérien de Santa Barbara, tandis que deux autres appareils, prêtés par la marine, exploraient la baie. Outre les quelques hommes habituellement sous ses ordres, trente policiers, dépendant du shérif, ratissaient la ville, des bas-fonds de *downtown* aux *suburbs* les plus élégants. Pour compléter ce dispositif déjà impressionnant, toutes les patrouilles de *freeway* avaient été mises en alerte et les radios locales avaient ordre d'interrompre régulièrement leurs programmes pour communiquer, en même temps que les traditionnelles consignes de prudence, une description détaillée d'Eden et de sa tenue vestimentaire.

Mais Santa Barbara, petite cité à l'échelle de l'immense Amérique, était cependant vaste, et personne n'avait la moindre idée de la direction prise par le ravisseur... Les heures passaient. L'angoisse allait grandissant. Et, de toutes les familles, celles des Capwell était évidemment la plus affectée...

La première tâche de Cruz, une fois admis dans l'équipe de Mason, fut de convaincre Joe qu'il fallait mettre Kelly à l'abri. Dans l'heure, les deux fiancés quittèrent leur petit cottage pour la résidence Capwell, où un appartement entier fut mis à leur disposition. C'était aussi une façon de regrouper le clan, par trop dispersé depuis les derniers événements. Channing Capwell accueillit sa fille et son futur gendre avec une chaleur inhabituelle. Et, pour Joe, ce fut un soulagement : là, à moins d'une attaque groupée, soutenue par un tir de missiles, Kelly ne risquait rien. La résidence Capwell était aussi protégée qu'un coffre-fort !

Pour Cruz, le plus difficile avait été d'obtenir un « congé », seul moyen de déroger à la règle des services secrets qui interdisait à ses membres d'intervenir dans les affaires de police. Tout d'abord réticents, ses chefs s'étaient finalement laissé convaincre devant l'urgence de la situation. On lui avait donné quinze jours...

Quinze jours qu'il comptait bien mettre à profit pour retrouver Eden vivante et arrêter le criminel!

Spécialiste de la logistique, Cruz déclencha immédiatement une réunion qui eut pour cadre le bureau de Mason et à laquelle il convia Cliff. Le but était de rassembler les éléments en leur possession afin d'en tirer un portrait plus précis du criminel. Portrait qui se limiterait, hélas, à un profil psychologique, personne n'ayant encore fourni le moindre indice capable de l'identifier physiquement.

Affalé dans son fauteuil de cuir, les pieds posés sur le rebord du bureau, les yeux perdus dans le vague, Mason mâchonnait un crayon. C'était, affirmait-il, une posture favorable à la réflexion. Et lui, habituellement si guindé, offrait, pour une fois, une image presque sympathique, quoique faussement détendue... Il suffisait de prononcer le nom d'Eden pour voir son visage se crisper!

– Ton raisonnement découle de l'évidence, dit-il à Cruz après l'avoir longuement écouté. Nous sommes tous parvenus aux mêmes conclusions. Bon, le tueur en veut à Kelly! A quoi ça nous avance de le savoir? Il y a, dans cette ville, au moins cinq mille types qui rêvent de l'épouser, sans compter ceux qui seraient prêts à abandonner femme et enfants pour seulement passer une nuit avec elle!

– Oui, rétorqua Cruz. Mais tous ne sont pas des déséquilibrés...

– Et combien parmi eux fréquentent le restaurant, *La Mesa*? poursuivit Cliff. Il ne faut pas oublier que c'est de là qu'est partie toute l'affaire! Sans omettre que le déséquilibré en question connaît les habitudes de Kelly pour se faire passer pour Joe quand il veut lui tendre un piège!

– Il faudrait donc chercher dans son entourage... reprit Mason, songeur. Quelqu'un qui l'aurait connue d'assez près...

– Et qu'elle aurait, par exemple, abandonné? suggéra Cruz.

Les deux autres le regardèrent.

– Tu as une idée? demanda Mason.

– Pas vraiment. Je n'ai aucune preuve... Mais est-ce qu'un de vous saurait, par hasard, où se trouve Peter Flint?

L'hypothèse lui était venue comme ça, sans fondement véritable, simplement parce que Peter haïssait Joe et que ce dernier était son ami. En y réfléchissant, Cruz lui trouva un certain attrait, pour ne pas dire une séduisante logique : en perdant Kelly, Peter avait vu toutes ses ambitions s'effondrer, or c'était un garçon fragile, émotif, souvent la proie d'emportements spectaculaires. « La barrière est parfois mince, songea-t-il, entre raison et déraison, surtout si l'amour s'en mêle, et Kelly est d'une beauté à damner un saint, à plus forte raison un simple être humain... » Mais Cruz lut dans le regard de Mason que c'était un terrain sur lequel ce dernier ne le suivrait pas. Et son raisonnement résista mal aux premiers arguments :

– Si Peter voulait se venger de Kelly, c'est elle qu'il aurait tuée... rétorqua Mason. Pourquoi aurait-il assassiné deux femmes et enlevé une troisième?

– Je ne sais pas, en convint Cruz. Eden a bien été enlevée à la place de Kelly.

– Et les deux premières victimes?

– Elles lui ressemblent... Écoute, ce n'est qu'une hypothèse à creuser.

Le procureur soupira :

– Les hypothèses ne suffisent pas. Il faut des preuves !

Joe, de son côté, n'était pas loin de parvenir à la même conclusion. Non que son raisonnement découlât de la même logique... mais Joe était un garçon simple, qui considérait la vie comme un enchaînement de faits ayant forcément des relations de cause à effet et sur lesquels, à tout moment, se greffaient les sentiments. A condition qu'ils fussent également simples, bien entendu ! Amour, haine, envie, rejet. Jalousie !

Joe détestait Peter pour avoir profité de Kelly pendant de si longues années, tandis que lui-même croupissait en prison, condamné à la réclusion perpétuelle pour un meurtre qu'il n'avait pas commis. Peter était parvenu à séduire la femme de ses rêves. Il s'était fiancé à elle, il avait partagé sa vie... Il l'avait possédée !

A cette simple idée, Joe sentait son sang bouillir et parfois l'envie lui prenait de faire payer à Peter ces années de bonheur qu'il lui avait volées. En le tuant, tout simplement ! Mais Joe, à l'opposé de Peter, était un garçon équilibré, capable de maîtriser ses instincts, dût-il souffrir le martyre. Contrairement aux arènes d'antan, où la vie et la mort se jouaient sur un geste du pouce, le monde dans lequel évoluait Joe autorisait les vainqueurs à se montrer magnanimes. Un cœur aussi aimant que le sien n'avait plus de place pour la haine. Kelly et lui se marieraient bientôt, il avait donc fini par rejeter Peter dans les limbes de l'oubli.

Et pourtant...

Pourtant, l'inquiétude qu'avait fait naître en lui la disparition d'Eden avait, dans le même temps, réveillé de vieilles rancunes. Le sang appelle le sang, et la violence la violence, et, par un raccourci de la pensée, Joe ne pouvait s'empêcher d'assimiler cette vague de terreur aux brutalités dont lui-même avait été victime. Peter n'avait-il pas essayé de le tuer, au cours de leur rivalité, alors que, sorti de prison, il regagnait du terrain dans le cœur de Kelly?

Certes, de là à imaginer que Peter était capable de s'attaquer à Kelly – et à toutes ces femmes –, il y avait un pas gigantesque qu'il n'osait pas encore franchir.

Mais lorsqu'il aperçut Cruz qui l'attendait à *La Mesa*, où, bientôt, Kelly les rejoindrait, le nom de Peter lui vint spontanément à la bouche, comme une aigreur trop longtemps contenue. Et le fait d'en parler lui fit comprendre que plusieurs éléments concordaicnt...

– Attends, attends, ne t'emballe pas! rétorqua Cruz. Moi aussi, j'y ai pensé, tu t'en doutes. Nous avons eu une réunion dans le bureau de Mason...

– C'est vrai, j'oubliais, tu es flic maintenant! l'interrompit Joe. Permets-moi de te dire que je suis impressionné!

Cruz haussa les épaules et, d'un trait, siffla la *margarita* (cocktail mexicain à base de citron et de tequila) qu'une serveuse venait de déposer devant lui. Puis, l'air sévère, il fixa son ami.

– Je suis flic, effectivement, et nous avons nos méthodes, dans la police. Joe, je sais que tu détestes Peter et que tu aimerais l'écarter de ta route. Mais ne t'en mêle pas. Les choses sont déjà assez compliquées comme ça!

Joe n'avait pas du tout l'impression de s'emballer. Il se sentait au contraire extraordinairement lucide. Il se pencha vers Cruz et dit à voix basse :

– Tu n'as pas oublié que Peter a essayé de me tuer dans le parc, après m'avoir tendu un traquenard. Le même genre de piège dans lequel est tombée Eden...

D'un geste agacé, Cruz fit comprendre à la serveuse de lui apporter un autre verre.

– Qu'il ait tenté de te tuer ne prouve rien. Il était sous l'emprise de la colère, de la passion. Rien à voir avec les meurtres qui nous intéressent...

Mais Joe, tout en parlant, avait déjà échafaudé sa propre histoire.

– Écoute, je n'y ai pas encore assez récléchi. Mais je crois que Peter est perturbé depuis pas mal de temps. Il y a quelque chose de changé en lui... je ne sais pas... dans son regard. Je crois qu'il a perdu les pédales au moment où Kelly l'a laissé tomber...

Cruz ne put répondre qu'en reprenant les arguments de Mason :

– Je ne saisis pas, Joe. Il y a Kelly, bien sûr, mais aussi toutes ces autres femmes. Et Eden, maintenant... Non, je n'arrive pas à y croire. Peter fait peut-être une fixation sur Kelly, mais il n'avait aucune raison de s'attaquer à Summer ni à cette pauvre serveuse !

– En tout cas, ce serait intéressant de l'interroger !

– Peut-être, mais ce n'est pas à toi de le faire. Laisse la police s'en charger. Si tu accuses un type sans preuve, il lui est facile de nier. Il faut le sortir de son milieu habituel. Quand il se trouve au milieu de policiers, tu prends un avantage sur lui !

Joe hocha la tête, apparemment convaincu. Ce fut le moment que choisit la serveuse pour apporter, outre la seconde *margarita* commandée par Cruz, un assortiment de hors-d'œuvre mexicains, composé de chips au maïs et d'avocat écrasé. Ni Cruz ni Joe n'avaient, malheureusement, le moindre appétit. Les deux hommes se regardèrent en silence puis, tandis que Cruz vidait son deuxième verre, Joe tendit sa fourchette vers le *guacamole* en pensant, si fort qu'il avait peur que Cruz l'entende :

« Si j'arrive à mettre la main sur Peter, je le ferai avouer ! »

CHAPITRE 5

Lionel Lockridge n'était pas homme à se laisser désemparer facilement. Sa rencontre avec Sophia, aussi brève eût-elle été, l'avait cependant ébranlé. Le fait qu'elle n'eût pas craint de se dévoiler, dans le seul but de le faire arrêter, lui, était plus que tout autre troublant. Fallait-il qu'elle le haïsse pour avoir pris un tel risque! Car, après tout, nul ne la savait vivante, et si elle était de retour, déguisée en comtesse Armenti, c'était certainement dans le but de revoir ses enfants...

Lockridge avait beaucoup d'ennemis et peu d'alliés. C'était dans son caractère de vivre en solitaire. Pourtant il eut un pincement de cœur en passant devant *La Petite Catalogne,* sa maison, là où vivaient Augusta, Laken et Warren. En quinze ans, il s'était reconstruit une vie. Et Sophia, par sa seule réapparition, était en train de tout gâcher.

Il récupéra sa valise, déposée comme prévue sous la boîte aux lettres, ignorant – mais se doutant – qu'Augusta, cachée derrière les volets clos du grand salon, l'observait. « Je suis venu moi-même, dit-il en pensée à la silhouette invisible. Tu croyais que j'allais envoyer une femme... Tu es toujours aussi jalouse. Augusta. Mais cela prouve que tu m'aimes. Et je t'aime aussi, d'ailleurs... à ma façon! »

Lockridge ne pouvait s'attarder, avec ce mandat d'arrêt lancé contre lui. Il jeta un dernier coup d'œil sur le fouillis du grand jardin et sur la belle construction, vieille de plus d'un siècle, toujours aussi solide malgré les fissures qui étoilaient sa façade. *La Petite Catalogne* était son luxe, mais aussi son havre : elle représentait ses racines et, d'une certaine manière, tout ce pour quoi il s'était battu jusqu'à présent. Le vague à l'âme, il jeta la valise dans le coffre de sa voiture et s'élança en direction du centre.

Prochaine étape, la maison de Véronica. Il y avait laissé certains documents dont il avait absolument besoin.

– Et puis, songea-t-il en s'engageant dans l'artère principale de Santa Barbara, Véronica est ma seule alliée. Elle peut encore m'aider!

Mason n'arrivait pas à ce concentrer sur les affaires en cours. Le téléphone n'arrêtait pas de sonner, et c'était, chaque fois, pour annoncer une mauvaise nouvelle, un retard, un faux espoir déçu. Telle voiture, dans laquelle on était certain d'avoir vu le ravisseur frapper sa victime, ne transportait en fait qu'un couple en train de se disputer; tel autre conducteur, au comportement suspect, n'était en réalité qu'un ivrogne, qu'il avait d'ailleurs fallu mettre sous les verroux; et il en allait de même pour chaque indice, comme si le « tueur à l'œillet », par quelque opération cabalistique, avait réussi à se mettre sous la protection d'un démon! La situation, déjà angoissante, s'aggravait pour lui du fait que la disparue était sa propre sœur. Comment Mason, soumis à tant de tensions, aurait-il pu se plonger dans une accumulation de dossiers, dont la plupart concernaient des procédures insignifiantes ou d'anciens litiges à moitié résolus ? Il fut pris de l'envie subite de balayer son bureau et d'envoyer tous les documents voler par la fenêtre. Leur contenu aurait fait de jolis tracts, d'un intérêt certain pour nombre de prévenus !

Mais la mauvaise humeur de Mason avait d'autres causes plus personnelles, sinon tout aussi inquiétantes, que l'enlèvement d'Eden.

Voici quelques mois, Véronica était entrée dans sa vie – avec la délicatesse d'un petit animal sensuel –, timide et pourtant déterminée. Par sa gentillesse, sa douceur, sa folle effervescence, elle avait accompli une sorte de miracle, celui de se rendre indispensable à son cœur de procureur. Or, depuis quelques jours – très exactement depuis l'inculpation de Lockridge –, Véronica devenait distante, donnant même l'impression de le fuir. Elle oubliait leurs rendez-vous (la veille encore !), ou bien répondait par des faux-fuyants sitôt qu'il lui proposait une nouvelle rencontre. Pourtant, Véronica l'aimait : Mason en avait l'intuition. Son attitude devait donc avoir d'autres causes. Et il brûlait de savoir lesquelles...

N'y tenant plus, alors que les trois téléphones sur son bureau sonnaient en même temps, Mason récupéra sa veste et sortit. A sa secrétaire il donna un numéro où le joindre dans l'heure suivante... Celui de Véronica.

Mason ne s'attendait certainement pas à la trouver chez elle au beau milieu de la journée, aussi avait-il pris soin de se munir de la clé. La petite maison bleue, juchée au sommet d'une côte, un peu à l'écart du centre ville, avait l'air calme et vide lorsqu'il poussa la porte. Il s'en sentit soulagé.

« A quoi t'attendais-tu ? sourit-il en lui même. A tomber sur son amant, comme dans les feuilletons télévisés ? »

En fait, la froideur de Véronica relevait d'un mystère dont Mason aurait voulu également posséder la clé. Prétendant héberger son frère pour quelques jours, elle s'en servait comme prétexte pour fermer l'accès à sa vie, et surtout à son lit. Mais était-ce un prétexte ou, plus sûrement, un mensonge ? Un procureur n'est pas obligé de croire sa maîtresse, même dans un pays où la justice veut que tout suspect soit présumé innocent jusqu'au rendu du jugement... Mason parcourut la maison de long en large, à la recherche d'indices qu'au fond de lui il espérait ne jamais trouver. Il connaissait les lieux par cœur. La chambre, tapissée du même bleu que la façade, avec le grand lit sur lequel était jeté une couette à fleurs ; la bibliothèque remplie de livres d'art (Rembrandt, Renoir, Van Gogh, Boticelli...) qu'il lui avait, pour la plupart, offerts ; le tapis de Smyrne, au velouté si doux à la peau, qu'ils avaient acheté ensemble ; la chaîne stéréo portable ; tant d'objets encore, qui, chacun, évoquait un souvenir. A mettre sur la liste des pièces suspectes, il ne trouva qu'une ceinture d'homme et, poursuivant sa fouille, il allait ouvrir les placards lorsque Véronica fit son entrée.

Elle se figea sur le seuil.

– Tiens, tu es déjà là ? dit Mason en se composant un air de circonstance, tout en réalisant qu'à une seconde près Véronica l'aurait surpris en train de fouiller dans ses placards.

Elle posa sur lui un regard glacé :

– Tu m'avais dit que tu appellerais avant de venir me voir !

Mason se sentit comme un enfant pris en faute. L'air faussement blessé, il se jeta à corps perdu dans le mélodramme.

– Cela fait une différence? Si je me souviens bien, à une certaine époque, tu m'autorisais à venir à n'importe quelle heure. Et tu avais même plutôt hâte de me voir!

Véronica soupira et fit un pas dans la chambre.

– Ne sois pas bête, Mason. Je t'ai dit que mon frère habitait avec moi...

– Ah oui... oui, ton frère! Je ne l'ai pas vu, mais j'ai trouvé cela!

Il brandit la ceinture, les yeux, fixés sur elle, croyant la prendre au dépourvu. Mais Véronica resta de marbre.

– Bon, soupira-t-elle, puisque tu es là, donne-moi au moins des nouvelles d'Eden...

En un clin d'œil, Mason perdit sa belle assurance, pour offrir le visage d'un homme tourmenté, épuisé, rongé par l'angoisse. Comme une figurine de carnaval qui se dégonflerait soudain, il se laissa tomber sur une chaise. D'un geste las, il effleura son front.

– Rien. Aucune nouvelle. En réalité, c'est pour ça que je suis passé te voir. J'avais besoin de ne plus y penser pendant un moment. C'est... c'est comme un cauchemar qui n'en finit pas. Ce fou en liberté et... tiens, on dirait que voici ton frère!

Mason venait d'entendre s'ouvrir la porte d'entrée et il s'aperçut avec contrariété que Véronica blémissait. La jeune femme se rua dans le couloir.

– Bobby! cria-t-elle. Je ne suis pas seule. Reviens dans une heure ou deux, tu veux bien?

Appeler le nom de son frère était le seul stratagème qui lui fût venu à l'esprit pour avertir Lockridge.

Car qui d'autre que Lockridge, malgré sa promesse de la laisser en paix, pouvait bien venir à cette heure? Il était le seul, à l'exception d'elle et de Mason, à posséder la clé. Mason, hélas, ne fut pas dupe. Il se précipita derrière elle, et aperçut Lockridge à l'instant où celui-ci tournait les talons. En trois foulées, il fut sur lui. D'un coup d'épaule, il l'éloigna de l'entrée puis referma la porte, avant de l'entraîner dans la chambre où Véronica se mordait les points, le visage décomposé.

– Alors c'était cela, l'histoire! gronda Mason en poussant brutalement Lockridge. Tu protégeais ce fuyard!

Lionel prit aussitôt la défense de la jeune femme.

– Je l'ai forcée à le faire, Mason. Elle me devait un service!

Mais la jalousie, la rancœur aveuglaient l'aîné des Capwell et le rendaient sourd. Il aurait pardonné n'importe quoi à Véronica. Tout, sauf Lionel! Piètre consolation : à l'homme se substitua bientôt le procureur enfin en présence de sa proie. Lockridge allait lui payer cette insulte!

– Ne me racontez pas de boniments, dit Mason d'une voix qu'il avait peine à dominer. Ça fait trop longtemps que ça dure...

– Écoute, Mason, intervint Véronica, si tu me laisses seulement le temps de t'expliquer...

– Je ne veux plus t'écouter. Et quant à vous, Lockridge, je vous arrête. Cette nuit, ce n'est pas ici que vous allez dormir, mais en prison!

Lionel le regarda de haut.

– Si vous croyez que je vais me laisser emmener comme un agneau!

– N'essayez pas de résister. La police est à vos trousses!

Lockridge haussa les épaules, d'un air qui voulait en dire long, puis, se tournant vers Véronica :

– Je suis désolé de vous mêler à cette histoire...

La jeune femme baissa la tête :

– Sortez, partez d'ici !

Mason s'apprêtait à rétorquer que, justement, il n'en était pas question, mais, plus prompt que lui, Lockridge se jeta en avant. Son poing droit atteignit Mason à la tempe. Il partit en arrière, buta contre le pied de la chaise et s'étala sur le sol. Le temps qu'il reprît ses esprits, Lockridge s'était précipité dans le couloir. La porte d'entrée claqua. On entendit un bruit de moteur, et, par la fenêtre, Mason vit une voiture démarrer sur les chapeaux de roue. Il en aurait hurlé de frustration !

Mais il lui restait quelqu'un sur qui passer sa colère. Il se tourna vers Véronica.

– Ton petit frère, hein... Tu sais combien cela peut te coûter d'abriter un homme recherché par la police ?

La jeune femme avait des larmes plein les yeux.

– Mason, ce n'est pas du tout ce que tu crois, je t'assure.

– J'ai déjà entendu cette réplique quelque part, grinça Mason en s'approchant du téléphone. C'était dans une pièce de boulevard... Mais généralement ce sont les maris que l'on trahit, pas les amants !... Allô ! Oui, ici le procureur Capwell, passez-moi l'inspecteur de service !

Mason donna une description détaillée de Lockridge tel qu'il était vêtu quelques minutes plus tôt, puis indiqua l'adresse de Véronica en ordonnant que trois voitures au moins se lancent à la poursuite du fuyard. Et, maintenant, qu'allait-il faire de Véronica ? C'est alors qu'il comprit à quel point il était las. Il dit, sans la fixer :

– J'avais confiance en toi...

– Et tu avais raison! s'insurgea Véronica. Lionel ne représente rien pour moi. Mais tu es têtu comme une mule. Il faut à tout prix que tu voies des coupables partout...

Mason l'observait. Elle avait l'air véritablement bouleversée, et dans la prunelle de ses yeux flottait un lueur qu'il connaissait bien, et dont la présence le surprit. Se pouvait-il qu'elle fût sincère? Sans lui laisser le temps de se reprendre, Véronica se rapprocha de lui.

– Quand tu prétendais tenir à moi, c'était faux! dit-il encore, déjà vaincu.

– Non, c'était vrai, Mason, je te le jure. J'ai beaucoup d'affection pour toi...

Elle l'entoura de ses bras, glissa la tête au creux de son épaule.

– ... Et je n'ai pas seulement appris à t'apprécier, mais aussi à t'aimer!

Ces mots-là, Mason croyait les avoir attendus depuis toujours. Lorsque les lèvres de Véronica se posèrent sur les siennes, il sut qu'elle disait la vérité...

Provisoirement, sa rancœur se tut.

Une parole de Mason avait été prophétique, et Lockridge n'allait pas tarder à l'apprendre à ses frais. Sa cachette désormais découverte, il ne lui restait plus qu'un recours : Lionel s'arrêta dans une cabine publique pour appeler sa femme. Un quart d'heure plus tard, il abandonnait sa voiture, trop voyante, pour celle d'Augusta, côté passager. Dès l'abord, il comprit que sa femme était fâchée contre lui. Malgré tout, elle était venue le secourir, et Lockridge lui savait gré d'avoir pris un tel risque. Ils roulèrent en silence sur plusieurs kilomètres, puis vinrent les questions. Qui l'avait caché? Comment était-elle? Quelles étaient ses autres liaisons. Augusta pratiquait la jalousie inquisitoire avec un art consommé.

Lionel n'eut malheureusement pas le temps de se disculper. Ils approchaient des limites de la ville lorsqu'une voiture banalisée se lança à leurs trousses. Seul, Lionel aurait sans doute tenté de leur échapper, mais Augusta tenait le volant...

Lionel Lockridge fut écroué le soir même!

Et, pendant ce temps, Peter Flint, alias « le tueur à l'œillet », échappait à toutes les recherches.

CHAPITRE 6

Enfin, ils s'étaient arrêtés!

Peter tira Eden hors de la voiture, sans douceur, mais sans réelle brutalité non plus. Une fois à l'extérieur, Eden perçut un souffle d'air chaud, plein de senteurs printannières, auquel se mélangeait un parfum d'humus. On entendait des chants d'oiseaux et le bruissement du vent dans le feuillage des arbres. Mentalement, elle essaya de reconstituer la carte de Santa Barbara et de ses environs. A l'est, il n'y avait que l'océan, des kilomètres de plage; vers le sud, les routes étaient beaucoup plus sinueuses que celles qu'ils avaient empruntées; de même qu'au nord; il ne restait donc que l'ouest, et elle se souvenait avoir entendu le bruit des roues passant sur un pont... A condition d'avoir franchi une centaine de kilomètres (pas davantage, car ils avaient fait halte pour la nuit, emprunté des chemins détournés et souvent tourné en rond), ils devaient se trouver quelque part aux abords de Montecillo, ou près de la réserve indienne, juste avant le désert. Ce qui expliquait la chaleur...

Connaître sa position ne l'avançait malheureusement à rien. Eden avait toujours les mains liées, et le bandeau sur ses yeux, imprégné de sueur, commençait à lui creuser des gerçures aux oreilles et au front... Une main se posa sur sa joue, et elle tressaillit. D'un geste brusque, Peter lui arracha son bâillon.

– Où sommes-nous? gémit-elle. Qu'allez-vous faire de moi?

Pour toute réponse, son agresseur l'enlaça. Elle sentit son parfum, son haleine tout près de son visage. Sa bouche qui cherchait la sienne...

– Non, je vous en prie.

L'homme l'enserra davantage. Elle entendit son souffle, un halètement, et comprit qu'elle avait affaire à un fou. Terrifiée, elle sut alors qu'il n'y aurait pas de rançon, pas d'échange, pas d'appel téléphonique, aucun secours... Rien qu'elle et cet homme, dont elle ne savait rien et ne pouvait même pas voir le visage. Il allait la prendre, là, parmi les feuilles mortes qu'elle sentait crisser sous ses semelles, puis il la tuerait et abandonnerait son corps...

L'effroi décupla ses forces. Elle se débattit tant que son agresseur, surpris, relâcha son étreinte. Eden en profita pour se jeter en arrière... Mais ses gestes, entravés, étaient mal assurés. Elle buta contre une pierre, perdit l'équilibre. Le sol, alors, parut se dérober sous ses pieds. Totalement aveuglée, Eden ignorait que le terrain, à cet endroit, accusait une pente, de plus en plus abrupte, qui dessinait le lit d'une rivière asséchée. Elle se reçut durement, puis roula sur elle-même, déchirant ses vêtements dans les broussailles qui lui griffèrent les bras et les jambes, hurlant à pleins poumons. A mi-chemin, sa tête heurta une roche.

Elle perdit connaissance.
– Kelly? appela Peter... Kelly!
Se rapprochant du bord, il vit Eden qui gisait comme une poupée désarticulée, six ou sept mètres plus bas. Le bandeau avait glissé pendant la chute, dévoilant un visage qui, pour être familier, ne ressemblait que de façon très lointaine à celui de l'être aimé. Ce fut pour lui comme un choc. En une fraction de seconde, il reprit toute sa lucidité...
– Mon dieu, ce n'est pas Kelly... Qu'ai-je fait? Je... je l'ai tuée...
Il voulut s'approcher de la jeune femme, ne sachant encore s'il devait la secourir ou se débarrasser d'elle. Mais où était Kelly? Pourquoi Eden avait-elle pris sa place? Les images se mélangèrent, s'embrouillèrent... C'est alors qu'il entendit des voix. Levant la tête, il découvrit une voiture arrêtée sur le petit pont qui surplombait la rivière. Un couple en descendit, sans doute égaré, car l'homme tenait une carte et regardait au loin, essayant visiblement de se repérer.
Prudemment, Peter se mit hors de sa vue. Eden était morte, de toute façon. Il ne pouvait plus rien faire pour elle. Il attendit le départ des touristes, abrité derrière un buisson, puis regagna son propre véhicule.
– Je suis un meurtrier, pensa-t-il, complètement affolé.
Il reprit la route de Santa Barbara.

Ted Capwell, le « petit Ted », comme l'appelaient ses grandes sœurs Eden et Kelly, était habité par deux obsessions : la première, commune à nombre de jeunes Américains, avait pour objet le football, et notamment la rencontre Santa Barbara-Cleveland qui allait se dérouler au grand stadium au début du mois prochain. La seconde lui était plus personnelle, mais il n'aurait permis à personne de la partager, puisqu'elle concernait la ravissante Laken, sa petite amie.

Laken était malheureusement une Lockridge, autant dire une ennemie héréditaire du clan Capwell, et leur liaison, pourtant bien innocente, déclenchait parfois des drames dont les deux jeunes gens se seraient bien passés.

Mais Ted, ce jour-là, avait d'autres raisons de sécher les cours. Mort d'angoisse, il se terrait dans sa chambre depuis la disparition de sa sœur, bondissant à chaque sonnerie du téléphone, guettant les voix... Rien, aucune nouvelle! Et ce n'était pas tout... Comme pour ajouter à ses tourments, Laken, le matin même, lui avait fait parvenir une lettre de rupture, aux termes étranges. Ted en relut le contenu pour la trentième fois au moins :

Ted chéri,

Je crois que tu aurais fini par le découvrir un jour ou l'autre, et il vaut mieux que tu l'apprennes par moi. Mon père est sans doute responsable de la mort de ta mère. Ne me demande pas comment je le sais. Je le sais, c'est tout! Et maintenant j'ai peur, car je me demande si tu seras encore capable de m'aimer. Pour nous deux, c'est peut-être déjà la fin. Mais il fallait que je t'écrive cette lettre, car mon père a été arrêté hier. Voilà, tu es libre. A toi de décider...

Décider... mais Ted ne comprenait rien à cette histoire! Pourquoi et comment Lionel Lockridge aurait-il causé la mort de sa mère? Ted n'aimait pas vraiment l'homme qu'il aurait voulu considérer comme son futur beau-père, mais il le croyait pourtant incapable de tuer. Ou, du moins, refusait-il de l'admettre... Laken, songea-t-il, avait bien choisi son jour pour se livrer à de telles confidences!

Ted prit soudain une décision. Il se leva et, trouvant Ruben, le majordome de son père, affairé dans le grand salon, s'assura tout d'abord qu'on le préviendrait s'il y avait la moindre nouvelle d'Eden. Ruben, évidemment, promit...

Ted prit alors la route du collège.

Il fallait qu'il parle à Laken. Il avait trop attendu...

– Je suis désolé, patron. Nous n'avons rien de nouveau. Tous nos hommes sont dessus. Oui, je m'en occupe moi-même. Je ne sais pas quoi vous dire, nous faisons de notre mieux. Oui, je reste en contact avec Capwell. Je sais... il est malade d'inquiétude. Moi aussi!

Cruz raccrocha avec un soupir agacé. Comment pouvaient-ils exiger qu'il s'occupe sérieusement d'une affaire et l'appeler pour lui demander des comptes toutes les dix minutes? Le commissariat, autour de lui, bourdonnait comme une ruche... Des télex crépitaient de partout, au moins dix hommes répondaient en même temps au téléphone. Cruz se massa les tempes. La journée avait été épuisante. Il ferma les yeux un instant...

Lorsqu'il les rouvrit, Joe se tenait devant lui, encore haletant d'avoir couru, et attaqua sans préambule.

– Quand vas-tu t'occuper de Peter Flint?

Cruz soupira de nouveau.

– Je te l'ai dit, Joe. Dès que j'aurai des éléments...

– Et quels éléments te faut-il pour interroger un type soupçonné de meurtre?

Cruz prit le ton impatient d'un professeur s'adressant à un élève un peu bouché.

– D'après la loi, je peux l'inviter à venir et lui poser des questions. S'il refuse, je n'ai aucun moyen de le forcer. Il n'est pas suspect légalement, et je ne peux pas fabriquer des preuves contre lui, désolé!

– Cruz, insista Joe, tu sais, plus j'y pense et plus je suis convaincu que c'est lui. Il suffit que je me souvienne de certains de ses regards... Surtout ces derniers temps. Il avait l'air d'un fou...

Un policier apporta une dépêche à Cruz, et les deux hommes se turent. Cruz la parcourut rapidement et eut l'air déçu.

– Rien à faire, dit-il à Joe. Mais, tiens, pour te prouver que je m'occupe quand même de Peter, lis cela...

Il s'agissait du témoignage d'une fleuriste. Celle-ci, étonnée de voir un de ses clients lui acheter chaque jour des œillets blancs, avait fini par faire le rapprochement avec le tueur. Cruz, intéressé par la description qu'elle en donnait, lui avait donc fait parvenir une photo de Peter...

– Et?

Cruz haussa les épaules.

– Elle ne l'a pas reconnu. Mais je ne m'avoue pas vaincu. Tiens, puisque tu es là, tu vas m'accompagner. J'ai rendez-vous avec le médecin de Peter dans une demi-heure. Je t'autorise à rester à l'entretien si tu me promets de ne pas t'en mêler.

Ils prirent la voiture de Cruz pour se rendre à l'hôpital. Le grand centre médico-universitaire avait été sérieusement touché par le tremblement de terre, mais là, plus qu'ailleurs, les équipes de secours avaient fait des miracles. A l'exception de quelques lézardes sillonnant la façade, des arbres du parc abattus qui n'avaient pas été replantés et des vitres brisées aux fenêtres des combles, l'hôpital paraissait intact. On lui avait même coulé un nouveau fronton.

Cruz et Joe furent reçus, dans un bureau spacieux et bien éclairé, par un homme entre deux âges, élégant sous sa blouse blanche dont il venait de dégrafer les boutons. Le médecin leur serra la main et les pria de s'asseoir, désignant deux fauteuils de cuir aux renflements moelleux. Tout, dans ses gestes, désignait l'homme pressé. Il entra aussitôt dans le vif du sujet :

– J'ai cru comprendre au téléphone que vous vous intéressiez à Peter Flint.

Cruz prit sa voix de flic pour dire :

– Et moi j'ai cru comprendre que c'était un de vos patients...

– C'est exact, fit le médecin en déchaussant ses lunettes. Peter Flint n'est pas un ancien malade. Il suit toujours un traitement. Ou plutôt, il le devrait, mais il n'est pas ce que j'appellerais un malade modèle. Difficile de savoir s'il s'occupe vraiment de sa santé.

Joe se pencha en avant. Une question lui brûlait les lèvres. Mais Cruz le devança :

– Un traitement pour quoi?

Il vit son interlocuteur hésiter, et crut bon de devoir ajouter.

– J'enquête sur le meurtre de ces deux femmes dont vous avez dû entendre parler. Nous avons tout lieu de croire que le tueur les connaissait personnellement, de même qu'il connaissait la troisième victime, Eden CAPWELL kidnappée depuis hier, et que nous n'avons toujours pas retrouvée. Par recoupement, nous en sommes venus à soupçonner Peter Flint, et nous aimerions simplement l'interroger. Mais je voulais d'abord avoir votre avis.

– Je comprends, fit le médecin. Je n'ai malheureusement aucun moyen de vous dire si Peter Flint pourrait ou non être le « tueur à l'œillet ». Peter est malade, très malade... Il a besoin d'une surveillance médicale régulière, et il en a besoin tout de suite.

– De quoi souffre-t-il?

De nouveau, le médecin tiqua.

– Le secret professionnel m'interdit de vous en dévoiler plus, sauf si vous avez des preuves flagrantes contre lui.

– Non, reconnut Cruz. J'avoue que je comptais un peu sur vous.

– Dans ce cas...

L'interphone sonna. Le docteur était attendu pour une consultation urgente.

Il en profita pour prendre congé de ses hôtes.

Le soleil commençait à décliner, et la baie de Santa Barbara, à cette heure magique, offrait depuis le ciel la vision troublante d'un paradis terrestre léché par un océan de cristal aux multiples reflets. C'était, du moins, l'avis de Mike, un des pilotes d'hélicoptère lancés à la recherche d'Eden. Survoler sa ville natale à la tombée du jour était pour lui comme une récompense après six heures passées aux commandes de son appareil.

Le gros Sikorski évoluait dans les cieux limpides telle une énorme libellule bourdonnante, et Mike, harassé, s'apprêtait à rentrer à la base quand lui vint cet appel : l'armée de l'air préparait une opération dans la région et lui demandait de détourner sa route, de préférence en volant à basse altitude. Ancien marine, Mike avait l'habitude d'obéir sans poser de questions. Il fit ce qu'on lui dit et s'éloigna de la ville, survolant la réserve indienne à la limite du désert.

De son enfance, Mike avait gardé le souvenir d'un petit bois, dont l'orée touchait l'ancien lit d'une rivière où, sous un pont, il lui arrivait de camper lorsqu'il était scout. Par jeu, il tenta de retrouver l'endroit.

C'est ainsi qu'il découvrit, à quelques mètres du pont, un peu en contrebas, le corps allongé d'une jeune femme ligotée. Le pilote appela son P.C., et une patrouille se rua sur les lieux. Naturellement, Cruz en prit la tête.

Une demi-heure plus tard, une ambulance ramenait Eden à Santa Barbara. La jeune femme, fortement commotionnée, n'avait toujours pas ouvert les yeux.

Mais elle était vivante...

Cruz, à côté d'elle dans l'ambulance, lui tint la main pendant tout le trajet.

CHAPITRE 7

La nouvelle de la découverte d'Eden n'allait pas tarder à être connue, mais, pour l'instant, tous l'ignoraient. De même que son frère Ted, Kelly avait passé une bonne partie de la journée à côté du téléphone, espérant sans trop y croire qu'il sonnerait enfin et quc ce serait Eden à l'autre bout de la ligne. Finalement, épuisée, incapable de supporter sa solitude plus longtemps, elle avait décidé de tuer son angoisse à *La Mesa.* Le restaurant refusait du monde ce soir-là. Kelly s'assit à la table qui lui était traditionnellement réservée et, machinalement, saisit la carte, dont elle connaissait le contenu par cœur.

Cachée derrière le menu, elle pensa de nouveau à sa sœur et, sans savoir pourquoi, en vint à évoquer un garçon qu'elle avait connu dans le temps, bien avant Joe, et qu'Eden trouvait lamentable. « Un imbécile, affirmait-elle, tu vaux bien mieux que lui ! ... » Ce qui n'avait pas empêché Eden de sortir avec lui. Kelly sourit en se souvenant à quel point elle avait été furieuse... Avec le temps, elle avait pourtant fini par comprendre que ce garçon, dont elle avait été folle, ne valait effectivement rien. Une semaine plus tard, Eden s'en débarrassait comme on jette un mouchoir... « Eh bien, petite sœur, avait-elle dit, maintenant tu es convaincue? »

Perdue dans ses souvenirs, Kelly ne prit pas garde au nouvel arrivant. Lorsqu'elle leva les yeux de la carte, il était trop tard : Peter Flint se tenait face à elle, l'air un peu gauche, et lui souriait.

Partagée entre l'envie de se ruer sur le téléphone pour prévenir Joe et celle de fuir *La Mesa*, Kelly choisit une troisième solution. Après tout, malgré les affirmations de Joe, elle n'avait aucune preuve de la culpabilité de Peter. Elle se composa donc un sourire, qu'elle voulut accueillant sans être trop chaleureux, et l'invita à sa table.

– On ne t'a pas vu souvent, ces derniers temps, fit-elle.

– C'est vrai, acquiesça Peter. J'étais très occupé...

Kelly remarqua le ton mystérieux qu'il avait adopté pour lui répondre, mais Peter était en train d'ajouter :

– Cela ne m'a pas empêché de penser à toi, ni surtout de rêver de nous deux...

Il sortit une cigarette d'un paquet tout écrasé et l'alluma sans même penser à lui en offrir. Peter avait maigri, observa-elle, et elle ne se souvenait pas de l'avoir vu fumer auparavant. Lui qui prenait habituellement grand soin de sa personne portait maintenant des vêtements fripés, une veste couverte de poussière et des chaussures maculées de boue. « Pauvre Peter, ne put-elle s'empêcher de le plaindre. La vie ne lui a pas fait de cadeaux ces derniers temps... » Il reprit, exhalant une grande bouffée de cigarette, les yeux fixés sur elle :

– Oui, je rêve souvent. Et, dans mes rêves, tu me tournes toujours le dos, et je vois tes longs cheveux blonds. J'essaie alors de les toucher, et toi tu recules... exactement comme tu fais maintenant.

Peter s'était penché sur elle et Kelly n'avait pu s'empêcher d'avoir ce mouvement. Elle répondit d'une voix dure :

– C'est fini entre nous, Peter. Tu le sais.

– Oui. Mais nous étions bons amis, autrefois. Et même plus que des amis. Tu te souviens?

Kelly regarda autour d'elle, espérant apercevoir un visage connu, quelqu'un qui la tirerait de cette situation délicate. Elle détestait faire du mal à ceux qu'elle avait aimés, ou cru aimer, et ne comprenait pas le plaisir qu'avait Peter à se torturer ainsi.

– Moi, je me rappelle, dit-il encore, ses grands yeux bleus ouverts jusqu'à la démesure. Cela me trotte dans la tête, et le soir, quand je me retrouve seul et que j'essaie de dormir, j'évoque ton visage, ton corps, nos caresses... Je sais que je t'ai perdue et que tu es à Joe, maintenant. Mais j'ai le droit de rêver, non? Tu ne peux pas m'interdir de fantasmer...

La main de Peter tremblait. Il tira une autre bouffée, puis écrasa sa cigarette à peine entamée. D'un geste familier, il saisit le menu que Kelly tenait encore dans ses mains. Combien de fois n'avaient-ils pas dîné ensemble, à cette table justement, à l'époque où Joe était encore en prison?... Agacée par ces souvenirs trop présents, et que la proximité de Peter ravivait, Kelly faisait mine de se lever, lorsqu'elle perçut tout un remue-ménage près du bar.

– Peter, commença-t-elle, euh, je...

Fendant la foule, une serveuse se dirigeait droit

sur eux. Kelly sentit son cœur accélérer. La jeune fille se planta devant leur table :

– Kelly! J'ai de grandes nouvelles. La police vient de téléphoner. Ils ont retrouvé ta sœur, et elle est vivante!

De soulagement, Kelly faillit éclater en sanglots.

– Oh, bravo! s'exclama Peter, masquant sa déconvenue.

Kelly se leva et prit la serveuse dans ses bras.

– Merci. Oh, mon dieu, merci! Comment va-t-elle? Où est-elle?

– Tout ce que je sais, c'est qu'elle a été transportée à l'hôpital...

Kelly en avait oublié Peter. Elle ramassa son sac prestement, décidée à rejoindre Eden au plus tôt. Joe profita de cet instant pathétique pour faire son entrée dans le restaurant. Il la chercha des yeux, la vit en compagnie de Peter, et se renfrogna. Pris d'une soudaine colère, il se précipitait sur eux lorsque Kelly l'aperçut à son tour et vint à sa rencontre.

– Joe, dit-elle en l'enlaçant. Je suis si heureuse que tu sois là. Ils ont retrouvé Eden. Elle est à l'hôpital.

Joe ne s'attendait pas à d'aussi bonnes nouvelles. Pendant un bref instant, il laissa parler sa joie. Puis, désignant Peter :

– Et lui, qu'est-ce qu'il fait là?

Mais Kelly l'avait saisi par la taille et l'entraînait vers la sortie.

– Viens vite, je te raconterai en voiture, dépêche-toi...

Joe hésita, puis finalement se laissa faire.

Sa confrontation avec Peter, se consola-t-il, n'était que partie remise...

Ted avait passé sa fin d'après-midi à chercher Laken. Tout d'abord, il l'avait guettée à la sortie de chacun de ses cours, mais systématiquement quelqu'un ou quelque chose s'était opposé à leur rencontre. Et, comme pour ajouter à son agacement, Laken avait décidé de faire des heures supplémentaires ce jour-là... Aussi fut-il soulagé de la retrouver enfin seule, dans les couloirs longeant le campus. Laken avançait d'un pas pressé, balançant d'une main ses livres de classe qu'elle avait reliés par une lanière. Il se rua vers elle et la prit par le bras :

– Je veux absolument te parler!

– Oui, je sais, dit Laken. Tu as bien reçu ma lettre, n'est-ce-pas?

Son joli visage d'adolescente se leva vers Ted, exprimant la douce inquiétude d'une femme aimante, qui espérait encore. Il faisait nuit dehors et seules quelques lumières brillaient aux fenêtres des chambres d'internes. Ted poussa Laken dans un renfoncement, à l'abri des regards.

– Je ne pensais pas que tu me parlerais encore après avoir appris pour mon père, dit Laken avec un sourire triste.

Ted secoua la tête et lui prit la main.

– Il s'agit de ton père, pas de toi.

– Je le sais. Mais je suis tellement honteuse...

Ted chercha ses mots, regrettant de n'avoir pas suivi plus assidûment ses cours de littérature. Tandis que Laken s'émerveillait de tant de magnanimité, lui était simplement soulagé qu'elle voulût encore de lui.

– Écoute, rappelle-toi ce que je t'ai dit il y a des

mois. Tu ne seras jamais responsable de ce que font tes parents. Pour moi, il n'y a que toi qui compte. Je t'aime, Laken!

Les yeux de Laken s'embuèrent. Finalement, ne sachant que répondre, elle se serra contre lui. Leurs mains, leurs bouches avaient trop longtemps été avides de celles de l'autre, elles retrouvèrent naturellement des chemins, des contours souvent parcourus, mais avec une ferveur toute neuve, avivée jusqu'à la passion par la peur qu'ils avaient eue de se perdre. Le parfum de Laken était la chose la plus enivrante que Ted eût jamais respirée, et, pour elle, pouvoir s'abandonner ainsi dans les bras de son amant, après des heures de désespoir, ressemblait à un rêve dont elle aurait voulu ne jamais s'éveiller. Lentement, enfin, leurs bouches s'éloignèrent, comme à regret.

– Tu as ma lettre? demanda Laken.

– Oui, je l'ai gardée avec moi.

– Eh bien, déchire-la!

Ted s'exécuta avec plaisir.

Et la missive devint une multitude de papillons blancs qui s'envolèrent, emportés par un petit courant d'air dans le couloir.

Eden s'était éveillée dans une chambre inconnue pour réaliser peu à peu qu'elle reposait sur un lit d'hôpital. Tout, autour d'elle, était blanc. Les murs, les draps, la peinture des fenêtres et même le mobilier, qui se limitait à un plateau sur roulettes, un téléviseur encastré et une petite table de nuit. Il y avait aussi trois chaises.

Et, assis sur ces trois chaises, trois hommes la regardaient. Voyant qu'elle bougeait, le premier se pencha sur elle et lui prit la main. Il s'agissait de Cruz, un Cruz qu'elle n'avait jamais vu aussi tourmenté. Et découvrir son visage tout près d'elle lui fit chaud au cœur. Derrière lui se trouvaient Cliff et un homme en blouse blanche qui devait être médecin.

– Eden, fit la voix de Cruz qu'elle percevait lointaine et terriblement déformée. Eden, c'est moi. Tout va bien, vous êtes sauvée. Le docteur m'a dit que vous n'aviez rien de grave. Si vous êtes un peu groggy, c'est à cause de la piqûre. Est-ce-que vous m'entendez?

Eden répondit par un signe de tête. Elle avait la gorge sèche et éprouvait des difficultés à parler.

– Très bien, dit Cruz. Il faut que je vous pose quelques questions. Je suis chargé de retrouver l'ordure qui vous a attaquée. Maintenant, réfléchissez bien. Est-ce que vous pouvez nous le décrire?

Eden força sa mémoire. L'évocation des instants qu'elle avait vécus ces deux derniers jours lui était pénible, mais plus déprimante encore lui sembla sa conclusion :

– N... non, murmura-t-elle d'une voix embrouillée. Je... j'avais un bandeau sur les yeux...

– Essayez encore, insista Cruz. Le moindre détail peut être important pour nous. Même si vous ne l'avez pas vu, vous avez entendu sa voix!

Eden secoua la tête.

– Et sa voiture, vous pourriez la reconnaître? Écoutez, vous êtes pour l'instant notre seule chance; je sais que ce que je vous demande est difficile, mais faites un effort...

A cet instant, le docteur se leva et posa la main sur l'épaule de Cruz. Pour les besoins de l'enquête, il leur avait accordé une minute. Le temps, malheureusement, était écoulé.

– Je suis désolé, dit-il. Il faut que vous partiez. Elle a besoin de repos...

Compréhensif, Cruz déposa un furtif baiser sur la joue d'Eden – il n'avait pu s'en empêcher –, puis les deux policiers sortirent de la chambre. Dans le couloir, ils trouvèrent Joe et Kelly en train de harceler une malheureuse infirmière chargée de la sécurité. Cruz fit un signe apaisant à la jeune femme :

– Alors? demanda Kelly, le visage rongé d'inquiétude.

– Elle va bien, rassurez-vous. Une ou deux côtes cassées, quelques hématomes, mais rien de grave. La radio l'a confirmé...

Kelly poussa un soupir de soulagement. Puis, dans un élan de joie, elle sauta au cou de Cruz et l'embrassa sur la bouche. Pour Kelly, l'attente avait été pire qu'un cauchemar, mais c'était fini! Elle demanda quand elle pourrait voir sa sœur. Bientôt, lui promit Cruz. Et Joe, alors, posa la question qui lui brûlait les lèvres.

– A-t-elle identifié Peter?

Cruz eut une moue désolée.

– Non. Elle n'a pas vu son agresseur. Il lui avait bandé les yeux!

– Le salaud! fit Kelly entre ses dents.

– C'est Peter, reprit Joe, inébranlable dans sa conviction. Il n'y a qu'un malade comme lui pour faire un coup pareil!

– Ton opinion à son sujet n'est malheureusement pas une preuve! trancha Cliff. Cela dit, je serais assez d'accord pour lui poser quelques questions. Histoire de savoir, par exemple, où il a passé ces deux dernières journées...

Joe trouvait que c'était une excellente idée. Il aurait certes préféré s'en occuper lui-même, mais du moment que la police, et notamment Cruz, commençait à prendre ses déclarations au sérieux, il s'estimait satisfait.

Bientôt, ce fut au tour du médecin d'être harcelé de questions. Il venait de sortir de la chambre, l'air confiant, et il leur indiqua qu'Eden s'était endormie. Kelly décida d'attendre le réveil de sa sœur. Joe, quant à lui, suivit Cruz au commissariat.

Pour rien au monde il n'aurait voulu manquer l'arrivée de Peter...

CHAPITRE 8

Véronica arriva enfin à l'adresse que lui avait communiquée Peter. Elle avait traversé la moitié de la ville pour se rendre chez lui et fut étonnée de découvrir une bâtisse d'aspect modeste, assez mal entretenue, à la peinture défraîchie, dans une zone autrefois résidentielle, mais vouée désormais à une restructuration sociale. Son ancien patron l'avait habituée à plus de luxe à l'époque où ils travaillaient ensemble! Mais Peter Flint, se souvint-elle, avait, depuis, essuyé de sérieux revers... Elle gara sa voiture, et ses pensées revinrent à la mission qu'elle s'était imposée.

Depuis le bref mais problématique passage de Lionel dans sa vie, Véronica ne supportait plus la présence d'objets étrangers dans son appartement. Or cela faisait trop longtemps qu'elle conservait des documents appartenant à Peter. Elle avait donc décidé de s'en défaire, et le meilleur moyen, dans ce cas, était encore de les rendre à leur propriétaire. C'était la raison de sa visite.

En bonne sportive, Véronica dédaigna l'ascenseur

– qui ne lui inspirait pas confiance – pour l'escalier, dont elle franchit les marches quatre à quatre. Peter habitait au premier étage. Elle avait encore le doigt sur la sonnette lorsqu'il lui ouvrit.

« A croire qu'il faisait le pied de grue derrière la porte », pensa-t-elle. Véronica se composa un joli sourire et tendit l'attaché-case qu'elle transportait.

– C'est vraiment gentil de vous être déplacée! déclara Peter en s'écartant du passage. Il ne fallait pas, mais j'apprécie beaucoup...

– Oh, ce n'est rien. Cette mallette m'encombrait... Eh bien, voilà. Elle est à vous.

Véronica nota à peine la mine défaite de cet homme, qu'elle avait pourtant connu au mieux de sa forme. Mason l'attendait et, pour une fois, elle s'était juré d'être à l'heure au rendez-vous. Elle déclina par conséquent l'offre de Peter de partager un verre, histoire de discuter du bon vieux temps.

– Dommage, fit-il, alors qu'elle s'apprêtait à tourner les talons. On n'a pas tellement l'occasion de se voir...

– Une autre fois, promit-elle. Et puis, si je me souviens bien, on s'est aperçus il y a une quinzaine de jours à peine, et vous aviez l'air tellement préoccupé ce soir-là que vous ne m'avez même pas remarquée!

Peter blêmit.

– Quel soir était-ce?

– Le soir? Attendez... oui, je m'en souviens très bien, car c'était juste avant que cette malheureuse serveuse ne soit assassinée... Vous étiez d'ailleurs avec elle sur la plage...

Peter la fixa intensément, et Véronica fut prise d'un soudain malaise. La police l'avait longuement interrogée, à un moment où elle pensait être la dernière personne à avoir vu la serveuse en vie. Sans doute sous le choc, elle ne se souvenait pas, alors, que la fille se fût trouvée en compagnie de Peter. Cela lui était revenu d'un coup, sans qu'elle y prît garde, et elle ne put s'empêcher, à cet instant, de faire d'étranges et inquiétants rapprochements...

– Naturellement, vous l'avez dit à la police, dit Peter d'un ton un peu trop détaché.

– Non... J'avais oublié. Mais, de toute façon, ce n'est pas grave. Je suppose que la police doit avoir ses propres pistes !

Il semblait que ce fût maintenant au tour de Peter d'être pressé de la voir partir. Il fit un pas dehors et lui tendit la main. Véronica la saisit, ravie de s'en tirer à si bon compte. De toute façon, elle connaissait Peter. Et il n'avait certainement pas l'âme d'un assassin !

Une fois seul, Peter se rua dans la salle de bains. Terrifié par ce qu'il venait d'entendre, il fut pris d'une nausée effroyable, qui le tint un long moment au-dessus du lavabo, secoué de spasmes. Véronica savait ! Véronica l'avait vu !

Car, dans l'esprit de Peter, voguant entre démence et lucidité, la connection s'était faite à l'instant même où il avait découvert Eden, et le souvenir enfoui de ses actions passées était réapparu et ne cessait, depuis, de le hanter. Pourquoi se le cacher plus longtemps ? Il était le « tueur à l'œillet »... Cette révélation l'avait tout d'abord épouvanté, jusqu'à ce qu'un nouveau mécanisme se mît en marche dans son cerveau. Tout jeu devait avoir un maître ! Et les maîtres, pour mieux dominer, avaient parfois intérêt à se cacher... Sous la couverture du « tueur à l'œillet », Peter se sentait libre, plus libre qu'il ne l'avait jamais été. Rendu célèbre par la presse, il était craint de tous, et donc tout-puissant... Un sentiment d'allégresse l'envahit.

– Pour toi, Kelly! dit-il à voix haute. C'est pour toi que j'ai fait tout ça. Tu peux être fière... Oui, tu dois être fière de moi!

Et, de nouveau, il pensa à Véronica. Jusque-là, il s'était cru en sécurité, mais les confidences presque involontaires de la jeune femme avaient été comme un signal d'alarme. Avait-elle compris qui il était? Peter n'en avait pas la certitude, mais, se souvenant de son attitude, il en déduisit que c'était fort probable. Véronica en savait trop! Elle devait donc mourir!

On frappa à la porte. Peter n'attendait personne. Il alla néanmoins ouvrir. C'était Cliff.

« Le jeu commence à devenir intéressant », songea-t-il tandis que le policier, fort poliment, lui demandait de le suivre au commissariat...

Selon Mason, qui seul était habilité à l'inculper, les preuves contre Peter manquaient de poids. Tout au plus, d'ailleurs, pouvait-on parler de présomptions...

Au grand désarroi de Joe, qui s'attendait à la mise hors d'état de nuire de son ex-rival, Peter fut donc relâché sur-le-champ. Il lui avait suffi de nier durant tout l'interrogatoire pour recouvrer une liberté dont, maintenant plus que jamais, il savait avoir besoin.

Peter avait en effet beaucoup à faire. Trop pour passer ses nuits en prison. Et, tout d'abord, il voulait revoir Kelly.

Il attendit le lendemain cependant, certain que Kelly se rendrait au chevet de sa sœur. Pour une telle rencontre, un couloir d'hôpital était le lieu idéal... Dans l'attente, incapable de trouver le sommeil, Peter passa la nuit à améliorer son plan, tournant et se retournant sur son lit, cherchant désespérément la pièce qui manquait à son puzzle meurtrier : à savoir, un alibi!

A l'aube, il n'avait toujours pas trouvé la solution.

La chambre d'Eden fut, ce matin-là, le théâtre d'un défilé impressionnant...

Le premier à son chevet avait, évidemment, été son père, Channing Capwell, dont le masque familièrement bougon trahissait une tension et une anxiété inhabituelles. Il était resté à peine cinq minutes, le temps de lui faire part de son soulagement, de lui réitérer nombre de consignes de prudence et, surtout, de laisser glisser, comme par mégarde, sur son lit, le petit écrin qu'elle tenait maintenant à la main. Eden en était encore émue aux larmes : à l'intérieur, blottie dans une ravissante enveloppe de velours, reposait une rivière d'émeraudes et de diamants...

Après Channing, cela avait été au tour de Cruz de faire une brève apparition, un bouquet de roses à la main qui, depuis, prenait la lumière sous la fenêtre, joliment disposé dans un vase mexicain. Ensuite, bien sûr, était venue Kelly, puis Ted, accompagné de Laken. Kelly était repartie faire quelques courses, non sans avoir auparavant promis de revenir bientôt, en compagnie de Joe.

En quelques heures, la chambre aux murs blancs s'était transformée en étal de fleuriste : il y avait des bouquets partout. Des roses à foison, du jasmin, des orchidées, des tulipes, des pensées, du lilas, comme si tous s'étaient donné le mot pour varier leurs offrandes. Saturé de parfum, l'air de la pièce en était enivrant.

Vers dix heures, était passée cette journaliste, Suzanne Carlyle, qu'Eden avait déjà aperçue en compagnie de Kelly. Bien que touchée par cette visite, somme toute bien intentionnée, Eden ne pouvait s'empêcher d'éprouver une sensation bizarre à l'évocation de cette femme dont le visage lui était vaguement familier. Suzanne Carlyle s'était montrée charmante (les orchidées, c'était elle!), mais peut-être un peu trop attentionnée pour une journaliste. Comme si le disparition d'Eden l'avait personnellement touchée...

Mason aussi était venu la voir. Mais, de Mason, Eden avait à peine pu tirer quelques mots. Son demi-frère portait sur le visage les traces d'une fatigue qui frôlait l'épuisement. Glacial, comme à son habitude, il s'était contenté de lui poser des questions. Hélas, pas plus qu'à Cruz, elle n'avait pu lui communiquer la moindre information... Ah, si! Elle se souvenait d'une odeur. L'homme se parfumait, et elle s'était fait la réflexion que son agresseur avait du goût.

Mason était reparti bredouille...

A 11 h 30, une pause : examen médical, prise de tension, changement des bandages. Rompant la monotonie du cortège de fleurs était ensuite apparue Liz, les bras chargés de croissants.

Eden connaissait mal Liz, dont elle appréciait surtout les talents de peintre et l'habileté à contrefaire les tableaux de maîtres. La plupart des toiles exposées à la fondation Capwell (des Renoir, des Chagall, des Monet, et même trois Picasso de l'époque bleue) n'étaient en fait qu'échantillons de son génie; les originaux, quant à eux, reposant dans un coffre, bien à l'abri. Liz en profita pour distiller quelques confidences qu'Eden écouta d'une oreille distraite. L'histoire était trop compliquée pour elle : à l'entendre, Liz était tombée amoureuse de Brick, l'homme à tout faire de Lockridge, qui, lui-même, n'avait d'yeux que pour Amy Perkins, la sœur de Joe.

Comme par un fait du hasard, Amy Perkins fut la visiteuse suivante. Amy avait une vie compliquée, qu'elle assumait pourtant avec un entrain et une gaieté forçant l'admiration. Enceinte de trois mois, elle avait été abandonnée par son mari, qui ne voulait pas de l'enfant alors qu'elle désirait le garder. Depuis, Amy se débrouillait seule, aidée moralement par sa famille, financièrement par son ex-mari et, à tout instant, par le fameux Brick qui, selon elle, ferait sans doute un excellent père... si seulement elle en avait été amoureuse! Aujourd'hui, Amy ne pouvait plus cacher son état. Elle raconta en riant les cours de préparation à l'accouchement auxquels elle emmenait Brick, faute d'un mari avec lequel s'entraîner, et les efforts pathétiques de son chevalier servant, aussi peu doué pour l'obstétrique qu'elle pour la mécanique ondulatoire...

En un mot, la matinée avait été un moment de détente et de réconfort, consacré à l'amitié, bienvenu après les événements des jours précédents. Un peu fatiguée par toutes ces allées et venues, Eden fut cependant ravie de revoir Kelly, que Joe escortait cette fois, comme promis. Les futurs époux étaient porteurs d'une bonne nouvelle :

– Vas-y, dis-lui! fit Joe, rayonnant.

– Non, toi! se défila Kelly...

– Bon, alors, d'accord. Eden, vous êtes libre de vous en aller. Habillez-vous et le médecin signera les papiers pour votre sortie. Kelly vous a apporté des vêtements!

Ils s'attendaient à la voir bondir de joie, mais, avec un art consommé de la comédie, Eden se contenta de s'étirer en bâillant :

– Dommage, je commençais à m'habituer.

– Ne plaisante pas, la tança Kelly. J'ai besoin de toi pour m'aider un peu aux préparatifs du mariage.

– Vous allez voir ça! intervint Joe. Sauf dans l'armée, je n'ai jamais vu une liste aussi longue... Elle ramasse des passants dans la rue, des invalides chez eux, n'importe qui pour qu'ils se chargent d'envoyer les invitations!

Kelly mima un air pincé.

– Oui, il faut bien que quelqu'un s'en occupe. Parce que, si je devais compter sur toi...

Joe lui répondit par une grimace :

– Je suis nul pour faire un bouquet. Absolument nul!

– On arrivera bien à te trouver une corvée...

A l'évocation du mariage, Eden s'était rembrunie. D'un geste lent, elle tira les couvertures et, prudemment, mit le pied sur le sol.

– Vous êtes sûrs que le moment est bien choisi pour vous marier? Je veux dire : avec ce tueur qui court les rues.

Kelly secoua violemment la tête.

– Papa organise un super-dispositif de sécurité. Il n'y aura aucun risque.

– Et puis, ajouta Joe en l'enlaçant, j'aurais trop peur de repousser la date. Des fois qu'elle change d'avis...

Kelly se fit chatte, la tête blottie au creux de son épaule.

– Impossible! Pas cette fois. Je sais exactement ce que je veux.

– Oui, railla Joe. Un million d'invités, une robe avec une traîne comme un terrain de foot, et le mariage le plus somptueux que la ville ait jamais connu!

– Et alors? Il n'y a aucun mal à cela!

Eden était parvenue à se redresser, et Joe l'aida à marcher jusqu'à la salle de bains. A cet instant, on frappa à la porte. C'était, encore une fois, le livreur. Il remit à Kelly un bouquet de roses très pâles, enveloppé dans un carton blanc. Les fleurs étaient destinées à Eden, et, machinalement, Kelly lut la carte qui y était attachée.

« Avec tous mes vœux de guérison... » Signé : Peter Flint.

Eden se retourna brusquement.

– Peter ?

– Il ne manque pas de culot ! gronda Joe.

Puis, avant que Kelly ait pu faire un geste, il saisit les roses et les jeta dans la corbeille. Eden le dévisagea, outrée :

– Joe, ce sont mes fleurs... Pourquoi avez-vous fait ça ?

Le bouillant fiancé de Kelly éluda :

– On a trouvé des choses bizarres à propos de Peter Flint.

– Joe, intervint Kelly, nous avons promis à Cruz de ne pas en parler.

– Mais si ! fit Eden. Parlons-en, au contraire. Qu'est-ce que vous avez trouvé ? Peter a fait quelque chose de mal ?

Joe secoua la tête, gêné. Il avait promis, et Cruz était son ami. Il ne put néanmoins s'empêcher de l'avertir :

– Une seule chose : tencz-vous loin de Peter. Vous comprenez ? Peter est un garçon dangereux !

Au même moment, Peter Flint hésitait dans le couloir. Les fleurs, il avait tenu à les apporter lui-même puis, à la dernière seconde, il avait aperçu Joe, qui entrait dans la chambre. Se ravisant, il avait demandé au service de l'hôpital d'assurer la livraison...

A quelques mètres de lui, Marisa Perkins attendait son fils, en compagnie d'Amy. Toutes deux étaient accoudées au grand comptoir central, derrière lequel s'agitait une standardiste habillée en infirmière. La mère et la fille s'étaient rencontrées par hasard, l'une venant aux nouvelles, l'autre accompagnant Joe. Aucune d'entre elles n'avait remarqué la présence de Peter, qui se rapprocha...

– Viens au cinéma avec moi, disait Amy. Tu ne sors jamais...

– Je ne sais pas, hésitait Marisa. Pourquoi n'y vas-tu pas avec Brick? Il te suit partout, même à tes cours d'accouchement! Alors, tu penses, au cinéma!

Peter vit le regard d'Amy s'éclairer :

– Mais il vient, bien sûr. On doit se retrouver devant la salle. Seulement, cela me ferait tellement plaisir si tu nous accompagnais...

– D'accord. Quel est le titre du film?

– C'est un grand classique. Je l'ai déjà vu, mais j'adore : *Autant en emporte le vent.*

Peter eut comme une illumination. Rhett Butler, Scarlett O'Hara, joués respectivement par Vivian Leigh et Clark Gable... Il connaissait l'histoire par cœur, pour avoir lu le livre et vu le film au moins trois fois...

« La mère et la sœur de Joe, songea-t-il. Quelle ironie du sort! »

Grâce aux deux femmes, il tenait enfin son alibi. Un alibi en or!

CHAPITRE 9

Lionel Lockridge reçut, lui aussi, beaucoup de visites ce jour-là. Mais contrairement à Eden, le régime d'une prison n'étant pas celui d'un hôpital, personne ne vint lui annoncer la bonne nouvelle de sa prochaine libération. Pas même son avocat.

Curieusement, pourtant, son moral était au beau fixe!

Il faut dire que Lockridge bénéficiait d'un régime de faveur, privilège dû, sans aucun doute, à sa position sociale et au prestige de son nom. Plus spacieuse que la plupart et destinée à lui seul, sa cellule était, entre autre, dotée d'une fenêtre munie de barreaux discrets ouvrant sur l'extérieur, d'un cabinet de toilette et d'un poste de télévision. Son lit, confortable selon les critères de la prison, pouvait dans la journée se transformer en banc, face à une table dont il avait fait son bureau. Enfin, suprême avantage, Lockridge mangeait à la carte : autrement dit, il avait le choix entre le menu des gardiens et celui des détenus... Bref, il se sentait presque chez lui, et sa bonne humeur surprit tout autant son fils Warren que sa femme, lorsque, profitant des quinze minutes de visite généreusement octroyées par l'administration pénitentiaire, ils vinrent à tour de rôle lui apporter leur réconfort. Dès l'abord, il était évident que Lockridge pouvait s'en passer. Ses deux jours de repos forcé lui avaient même fait le plus grand bien. Confronté à l'inquiétude des siens, il trouva même assez de force de caractère pour prétendre à l'optimisme et – c'était un comble – leur remonter le moral malgré la précarité de sa situation. Et, lorsque Warren, terriblement abattu depuis la mort de Summer, lui confia sa douleur, ce fut encore Lockridge qui vint à son secours, jouant jusqu'au bout son rôle de père, oubliant pour un temps les verrous pour se consacrer au malheur de son fils.

Lockridge, pourtant, perdit sa belle assurance lorsque la porte du parloir s'ouvrit sur Ted et Laken. Sa fille chérie avait le visage de l'innocence, elle représentait pour lui la pureté, et la détresse qui s'inscrivait sur ses traits lui fit, soudain, prendre durement conscience de l'étendue du gâchis. Laken d'ailleurs le comprit car, après avoir embrassé son père, elle dit d'un ton gêné :

– C'était l'idée de Ted de venir ici, pas la mienne.

– Oh, alors, je vous suis très reconnaissant, Ted, se força à répondre Lockridge.

Le jeune homme lui avait serré la main avec réticence. Il annonça la couleur aussitôt.

– Ce n'est pas une visite de politesse, monsieur Lockridge. Laken et moi voulons connaître toute la vérité sur votre rôle dans la mort de ma mère !

Lockridge blêmit. Le choc fut tel, que, pendant une interminable seconde, il souhaita de toutes ses forces sentir la terre s'ouvrir sous ses pieds. Que ne l'avaient-ils condamné à mort ! Que n'avaient-ils déjà exécuté la sentence! Puis, il se reprit. Fouillant les poches de sa chemise sans manches, il sortit un paquet de cigarettes :

– Comment êtes-vous au courant? demanda-t-il d'un ton faussement détaché.

– Peu importe! fit Ted. Ce qui compte, c'est que cette histoire a bien failli nous séparer, Laken et moi... Monsieur Lockridge, nous voulons savoir! Vous devez nous expliquer!

Lockridge cherchait désespérément un briquet, et Ted, en soupirant, lui tendit une pochette d'allumettes. Le parloir était une pièce de deux mètres sur trois, meublée d'une table et de quatre chaises disposées deux par deux de chaque côté. Lionel inhala une grande bouffée, les yeux fixés sur sa fille...

– Je suis vraiment désolé, dit-il enfin. Vous ne savez pas à quel point!

– Monsieur Lockridge! fit Ted, agacé.

Lionel agita ses mains devant lui.

– D'accord, d'accord! Je vais vous dire ce qui s'est passé ce jour-là. D'abord, il faut que vous sachiez que c'était un accident, même si j'en suis en partie responsable...

Ted et Laken, le souffle court, étaient suspendus à ses lèvres.

– On était sur le bateau, poursuivit Lockridge. On s'est disputés, et j'ai essayé de lui prendre le bras pour la convaincre de quelque chose. Sophia... votre mère, m'a repoussé brutalement et j'ai heurté le volant. Le bateau alors a viré, et elle est tombée par-dessus bord. Quant à moi, j'ai glissé, je me suis cogné la tête...

Les images affluaient, redoutables fantômes du passé. Lionel se passa la main sur le visage :

– J'ai perdu connaissance, vous comprenez. Et

quand j'ai rouvert les yeux, elle avait disparu. Je l'ai cherchée partout, pendant des heures, sans pour autant la trouver, sans rien apercevoir...

La voix de Lockridge se brisa. Troublé, Ted intervint d'un ton qu'il voulut apaisant :

– Vous ne l'avez donc pas tuée volontairement?

– Oh, grand dieu, non! Je vous le jure!

– Pourquoi devrait-on te croire? jeta Laken d'une voix dure.

Lockridge la regarda avec tristesse, et tous deux comprirent alors qu'il disait la vérité. Puis, ses yeux partirent dans le vague, et il reprit, tirant sur sa cigarette par petites bouffées nerveuses :

– J'ai revécu ces événements par la pensée des centaines de fois. On ne peut hélas reconstruire ce qui a été détruit. Quant à vous, je ne veux pas que ce drame soit un fardeau. Mes erreurs m'appartiennent, elles n'ont rien à voir avec vous!

Brusquement, Lockridge se leva.

– Vous vous aimez tous les deux, alors il faut croire aux miracles. Continuez comme ça, je vous en supplie, et ne vous occupez surtout pas des autres. Ceux qui voudraient se mettre entre vous apprendront à changer, et le temps joue en votre faveur car vous êtes jeunes. Faites-moi confiance, c'est tout ce que je vous demande. Et dites-vous surtout que je suis de votre côté. A partir de maintenant, vous pouvez compter sur moi. Et, si quiconque tente d'entraver votre amour, je serai là pour vous soutenir, de toutes mes forces!

En parlant de miracles, Lockridge faisait évidemment allusion à Sophia, dont il était convaincu qu'elle ne tarderait pas à réapparaître. Aucun des deux, bien sûr, ne pouvait comprendre, mais, après de telles paroles, Laken avait envie de sauter au cou de son père pour l'embrasser. Malheureusement, le temps réservé aux visites était écoulé. La porte s'ouvrit sur un gardien...

– Désolé, fit l'homme. C'est terminé!

Sur le point de quitter la pièce, Ted se ravisa, fit demi-tour et serra la main de Lockridge.

– Il faut croire aux miracles! murmura encore ce dernier.

C'était un vieux cinéma de quartier. Le genre de salles appelées à disparaître et qu'une génération entière de cinéphiles commençait déjà à regretter. Deux ou trois cents fauteuils en bois recouverts de velours faisaient face à une large scène, derrière laquelle était tendu un écran poussiéreux protégé par de lourds rideaux. Un sac plein de pop-corn avait été répandu dans l'allée, et chaque nouveau spectateur, en entrant, avait l'impression de marcher sur des coquilles d'œufs. La salle était aux trois quarts vide...

Peter s'assura tout d'abord que les autres étaient bien arrivés. Le film allait commencer dans une minute et, selon son plan, il fallait qu'il soit vu avant. Il fut rassuré en apercevant Amy en compagnie de Brick et de Marison, trois rangs devant et, ostensiblement, il s'assit juste derrière elle en l'effleurant comme par mégarde. Amy se retourna.

– Tiens, bonsoir Peter! fit-elle. Vous vous souvenez de moi?

– Bien sûr, sourit-il. Vous êtes la sœur de Joe!

– Vous avez bonne mémoire... Alors, vous aussi vous êtes un fan de Vivian Leigh?

– Pas du tout, mentit Peter. Je n'ai encore jamais vu *Autant en emporte le vent*...

Amy s'en étonna. D'après elle, tout le monde

devait connaître le film par cœur... Puis elle présenta MARISA et Brick qui, à tour de rôle, serrèrent la main de Peter.

A cet instant, les lumières baissèrent d'intensité, et le rideau s'ouvrit. Peter regarda sa montre. D'après son plan, il devait partir juste après la mort du premier mari de Scarlett O'Hara...

Il laissa donc vingt minutes s'écouler puis, profitant d'un crescendo musical, il quitta silencieusement la salle. Personne ne le vit partir...

Peter connaissait bien les lieux pour y être venu des dizaines de fois, en compagnie de sa bande, lorsqu'il était adolescent. Le plus naturellement du monde, il se dirigea vers les toilettes, dans lesquelles il s'engouffra, refermant la porte derrière lui. La fenêtre d'aération, assez large pour laisser passer un homme, donnait sur une ruelle sombre. A l'aide d'un morceau de bois ramassé sur le sol, il coinça la vitre à glissière, de manière à pouvoir emprunter le même chemin à son retour. Puis il enjamba le rebord...

Quelques secondes plus tard, alors que tous le croyaient encore dans la salle, Peter regagna sa voiture.

Dix minutes lui suffirent pour atteindre sa destination...

Dans son rêve, Véronica était poursuivie par Mason, déguisé comme un acteur de films d'horreur. Le décor ressemblait étrangement à l'intérieur de *La Mesa*, mais en beaucoup plus grand, avec, sur chaque table, planté comme dans un pot, un arbre centenaire. Et la terre sous ses pieds glissait, molle, visqueuse, ralentissant sa fuite... Mason, bien sûr, la rattrapait. C'est alors qu'elle s'était retournée : son amant brandissait un couteau... il avait les traits de Peter!

Véronica se réveilla au beau milieu du cauchemar.

« Quelle horreur! » se dit-elle en passant la main sur son front. Puis elle réalisa qu'elle était encore tout habillée et se souvint de s'être seulement étendue pour quelques minutes après une longue journée de travail. Elle avait dû s'assoupir sans s'en rendre compte. Véronica regarda sa montre. Il était neuf heures.

Elle se dirigea vers la salle de bain et fit couler l'eau dans la baignoire.

« Rien de tel pour me revigorer... Surtout après ce cauchemar... »

D'un geste gracieux, elle se défit de sa robe, puis elle ôta ses sous-vêtements et se regarda dans le miroir. Véronica n'aimait pas particulièrement son visage, dont elle trouvait les traits un peu lourds – ce qui heureusement n'était pas l'avis de tout le monde –, mais la vision de son corps, aux formes pleines et aux proportions harmonieuses, avait le don de la réconcilier avec elle-même. Par jeu, elle pivota plusieurs fois, faisant voler ses cheveux, adoptant des postures de magazines, ravie de constater que ses reins étaient toujours aussi fermes et ses fesses à leur place, rondes et appétissantes. Enfin, rassasiée du spectacle, elle ramassa sa chevelure en chignon et, de la pointe du pied, vérifia la température du bain.

– Parfait! dit-elle à voix haute.

A cet instant, on sonna à la porte.

Véronica n'attendait personne. Mais tout le monde sait qu'il suffit de remplir une baignore pour recevoir une visite inattendue ou entendre sonner le téléphone. En soupirant, elle passa une sortie de bain puis, l'oreille collée au battant, elle s'inquiéta de l'identité de son visiteur. Aussitôt, une voix familière répondit :

– C'est moi, Peter!

– Peter? Mais que voulez-vous? Il est tard!

La voix de son ancien patron se fit suppliante.

– Ouvrez, Véronica. Je vous en prie. C'est urgent!

Urgent? Que pouvait-il bien lui vouloir? Véronica hésita longuement, peut-être à cause de son cauchemar. Puis elle se sentit ridicule. Qu'avait-elle à craindre de Peter? Ils avaient partagé le même bureau pendant près de six mois et fait ensemble tant d'heures supplémentaires, qu'elle en avait oublié le décompte... Elle rajusta son peignoir, déverrouilla les quatre ou cinq loquets de sécurité et s'écarta pour le laisser entrer.

L'expression de Peter lui révéla aussitôt qu'elle avait eu tort, mais c'était trop tard! D'une main, il la poussa dans la pièce. La porte claqua derrière lui.

– Que... que voulez-vous? cria Véronica.

Le visage de Peter n'était qu'un masque aux yeux démesurés. La bouche fendue d'un rictus effrayant, il titubait comme s'il avait bu. Sa voix parut sortir des limbes :

– Kelly et moi, on va se marier, fit-il dans une sorte de râle.

– Que... que racontez-vous? balbutia Véronica. Elle va épouser Joe Perkins...

– Joe est en prison, tout le monde le sait!

« Mon dieu! pensa Véronica, il a perdu la raison. » Fermant les yeux pour ne plus le voir, elle se força au calme. Puis elle reprit, d'une voix qu'elle avait peine à dominer :

– Peter, écoutez, je crois que vous devriez aller voir un médecin, et vous soigner, vous commencez à tout mélanger!

Peter, hélas, ne l'entendait plus. Un sourire béat, effrayant, éclaira sa face simiesque :

– Un mariage, c'est magnifique, et le nôtre sera le plus beau de tous. J'ai déjà choisi les fleurs pour la noce. En fait, j'en ai apporté une avec moi...

A Véronica terrifiée il tendit un œillet blanc.

– Il est beau, tu ne trouves pas?

Désespérément, Véronica fouilla la pièce des yeux, à la recherche d'un objet pour se défendre. Mais Peter fut plus prompt... D'un bond, il fut sur elle et la maîtrisa. Une courte lutte s'ensuivit, qu'elle savait perdue d'avance. Le peignoir s'ouvrit et Véronica se retrouva à moitié nue dans les bras de Peter qui, le regard de plus en plus fou, tentait de lui arracher un baiser.

– ... Beau et pur; comme toi, Kelly, si merveilleuse, si fraîche...

Véronica hurla. Mais qui pouvait l'entendre? Les murs de l'appartement était plus épais que ceux d'une forteresse, et la plupart des voisins étaient partis pour le week-end. Dans l'immeuble, il ne restait plus que la concierge. Une vieille femme sourde et à moitié aveugle... Peter la traîna dans la salle de bain.

– Tu aimais bien l'eau, tu te souviens? dit-il en la poussant dans la baignoire. Rappelle-toi les îles, le bateau...

C'est alors que Peter avisa le magnétophone posé sur le rebord. L'appareil était un « ghetto-blaster », du genre de ceux que les Noirs transportent avec eux dans la rue, faisant hurler la musique à plein volume. Pris d'une inspiration, il le mit en position « enregistrement »... Véronica en profita pour tenter de lui échapper. Il la rattrapa et lui tordit le bras...

– Oh non! gémit-elle. Non... pas ça... Au secours!

Peter lui plongea la tête dans l'eau et l'y maintint. La vision de ces longues jambes nues et fuselées, qui battaient l'air frénétiquement, l'amusa sans éveiller le moindre désir. Il accentua sa pression.

Trois minutes plus tard, Véronica avait cessé de se débattre...

Il avait fallu à Peter dix minutes pour se rendre à l'appartement de Véronica, vingt minutes pour accomplir son acte, encore dix minutes pour effacer les traces et s'assurer que personne ne l'avait vu, et, enfin, le temps du trajet du retour. En tout, donc, un peu moins d'une heure, ce qui fait que lorsqu'il gara de nouveau sa voiture aux abords du cinéma, Scarlett O'Hara en était encore à se débattre avec Rhett Butler, juste avant son retour à Tara, scène précédant l'entracte, ce qui arrangeait bien Peter...

Il ne pouvait pourtant retourner dans la salle sans avoir, tout d'abord, conclu un petit stratagème! Le « ghetto-blaster » de Véronica sous le bras, il se rendit dans une cabine téléphonique à quelques mètres du cinéma. De là, il appela le bureau de Mason. Puis, lorsque le procureur vint en ligne, il plaqua le haut-parleur sur le récepteur :

– Allô? dit Mason.

Peter mit en marche le magnétophone.

« Oh... non! fit la voix de Véronica. Non!... Non!... »

– Véronica! appela Mason. Véronica, c'est toi?

« Oh... non!... Pas ça! Au secours!... »

– Véronica! Où es-tu? Que se passe-t-il?

Satisfait, Peter raccrocha. Il ne lui restait plus qu'à cacher le magnétophone dans le coffre de sa voiture, puis à regagner sa place au cinéma. La cale était toujours à sa place. Il se hissa dans les toilettes, referma derrière lui, et en ressortit le plus naturellement du monde avant de se diriger vers le stand à confiseries où il acheta un sac de pop-corn. Ainsi chargé, il se retrouva dans la salle à l'instant même où Vivian Leigh et Clark Gable échangeaient leur fameux baiser.

– Oh, excusez-moi! fit-il en renversant le sac de pop-corn sur la robe d'Amy Perkins...

La jeune femme secoua vivement l'étoffe, les yeux toujours fixés sur l'écran.

– J'étais tellement pressé, ajouta Peter. Pour rien au monde, je n'aurais manqué une minute du film!

– Cela se comprend! rit Amy. Mais, ne vous en faites pas, ce n'est pas grave...

Alors, rassuré sur la qualité de son alibi, Peter se laissa tomber dans son fauteuil et, tout en grignotant son pop-corn, il savoura tranquillement la fin du film...

Lorsque Mason arriva dans l'appartement de Véronica, il était évidemment trop tard. La malheureuse reposait, nue, au fond de la baignoire, les traits déformés par la terreur, la bouche ouverte, comme si, audelà de la mort, elle tentait encore, désespérément, de respirer. Sur le sol, écrasé, comme piétiné, il trouva un œillet...

Cruz, informé par téléphone, arriva trois minutes plus tard. Il découvrit Mason assis sur le rebord, l'air hagard, les vêtements détrempés, caressant les cheveux de Véronica, qu'il tenait serrée contre lui.

– Je l'ai entendue... murmurait-il. Je l'ai entendue!

– Qui? fit Cruz en se demandant si Mason avait encore toute sa raison.

– Véronica. Au téléphone... Il était avec elle... Elle m'a appelé à son secours...

Mason continuait de bercer sa maîtresse que la

mort commençait à raidir. Cruz l'en sépara avec délicatesse, allongea Véronica sur le carrelage et la recouvrit d'une serviette.

– Essayez de vous reprendre, dit-il doucement. Vous voulez une cigarette?

Mason secoua la tête, et son regard partit dans le vague. Un vague plein de la présence de Véronica, d'images de son sourire, de son corps, de sa voix, de leurs étreintes... Il pensait avoir été le dernier à lui parler et se sentait d'autant plus coupable qu'à leur ultime rencontre ils s'étaient disputés. Par sa faute à lui... Cruz semblait suivre le fil de ses pensées. Il laissa passer un long silence, recueilli sur lui-même comme l'était Mason. Puis le « flic » reprit le dessus...

– Je pense que vous avez fait le rapprochement, dit-il. Elle était la secrétaire de Peter, vous le saviez.

– Et la mienne aussi, souffla Mason. Mais vous avez raison. Le nom de Flint revient à chaque fois...

Les deux hommes se regardèrent, tandis qu'une sirène mugissait dans le lointain, se rapprochait, comme un lugubre avertissement. L'appartement, bientôt, serait plein de policiers, d'infirmiers, de photographes; des hommes qui fouilleraient partout, détruisant ce qui restait encore d'elle, brisant cet ultime instant d'intimité... Comme arraché à une trop longue rêverie, Mason se leva. Il décrocha le téléphone et appela son quartier général.

– Retrouvez-moi Peter Flint, dit-il. La prochaine fois, je veux l'interroger moi-même!

CHAPITRE 10

Ted s'estimait satisfait de l'explication qu'il avait eue avec Lionel Lockridge. A ses yeux, le père de Laken s'était disculpé et, si Ted éprouvait encore du ressentiment à son égard, ce n'était plus qu'une lointaine aigreur, teintée de jalousie filiale, succédant à la colère et à la haine du temps où il le croyait coupable... Ted avait eu une nuit entière pour y réfléchir, et il s'était réveillé avec l'optimisme tout neuf de celui qui sait qu'un ancien ennemi est devenu son allié... Optimisme renforcé par le soulagement qu'il éprouvait à savoir Eden en sécurité. Kelly allait bientôt se marier. Laken l'aimait toujours. Dehors, le soleil brillait... La vie était donc belle!

Ted s'était rué chez Laken pour lui faire partager sa joie... Par chance, elle était seule. Laken l'avait reçu dans le salon, ravissante dans une nuisette un peu transparente – du même vert pâle que ses yeux –, les cheveux encore défaits. Ils s'étaient embrassés, puis, pendant de longues minutes, avaient échangé les banalités pleines d'entrain des amoureux. On était au début du week-end, et Ted avait son plan :

– On prend la voiture et on roule! offrit-il. On va n'importe où, on continue tout droit, et, si on tombe en panne, on dort sous les couvertures, à la belle étoile. Avec un peu de chance, on tombera sur un coin sympa. Et, si tu m'aimes toujours, on ira jusqu'au Mexique...

Laken était ravie. Elle lui demanda de l'attendre et remonta dans sa chambre pour se changer. Une veste légère jetée sur les épaules, elle était prête à le suivre au bout du monde. Ted ouvrit la porte et, exagérant son rôle de galant homme, fit de grandes courbettes en la laissant passer... C'est alors qu'il aperçut l'homme qui remontait l'allée.

– J'allais oublier! le rassura Laken aussitôt. C'est le tailleur de mon père. Il a prévenu qu'il passait... Bonjour monsieur Lorenzini!

Le dénommé Lorenzini lui rendit son salut d'un geste joyeux de la main. C'était un petit bonhomme à l'air ouvert et fort sympathique, paraissant tellement myope derrière ses verres à triple épaisseur qu'on se demandait comment il arrivait à manier l'aiguille... Il tendit un paquet à Laken.

– Et voilà le cadeau d'anniversaire qu'une gentille jeune fille veut offrir à son père...

– C'est magnifique! s'exclama Laken. Cela me fait tellement plaisir que vous ayez fini à temps. (Elle extirpa une poignée de dollars de son sac.) Voilà, j'espère que le compte est bon!

– Parfait! fit le tailleur en empochant l'argent sans même avoir pris la peine de compter...

Puis, se tournant vers Ted :

– Et vous, vous êtes Warren, n'est-ce-pas?

– Euh... commença Ted.

Mais le tailleur lui coupa la parole.

– Vous pensiez que j'avais oublié? Mais je

n'oublie rien, jamais, surtout quand il s'agit de vêtements. Prenez ce complet, par exemple : votre sœur voulait l'offrir à votre père sans qu'il soit au courant. Heureusement que je connaissais ses mesures, sinon comment aurait-on fait ?

– Effectivement, sourit Ted, amusé d'être pris pour le frère de Laken.

– C'est comme pour votre smoking, poursuivit M. Lorenzini. Il n'y a que la justice et ce – comment s'appelle-t-il déjà ? – Mason Capwell pour commettre de telles erreurs. Moi je sais bien qu'il vous appartenait, puisque je l'ai réparé moi-même, il y a cinq ou six ans. Pourtant, votre père n'a rien dit quand on l'a arrêté. J'ai suivi toute l'affaire à la télévision et, si vous voulez mon avis, c'est un scandale ! Accuser ainsi les gens, sans preuves, à cause d'un smoking qui ne vous appartient même pas... Bon, eh bien, je me sauve...

Ted avait blêmi. Il rattrapa le tailleur alors qu'il rebroussait chemin.

– Attendez, si j'ai bien compris, le smoking à cause duquel mon... euh... père a été arrêté, c'était le mien ?

– Bien sûr ! Mais, ne vous en faites pas, je ne l'ai dit à personne. Je sais bien qu'un gentil garçon comme vous est incapable de commettre un meurtre !

Là-dessus, Lorenzini regagna son véhicule, inconscient du germe maléfique qu'il venait de semer dans le cerveau de Ted... Apparemment, Laken avait eu l'esprit ailleurs pendant la conversation, car elle éclata de rire :

– Il t'a pris pour Warren, c'est trop drôle... M. Lorenzini sait à peu près tout sur notre famille, sauf le plus important : nous reconnaître. Hé, Ted ! Ted, qu'est-ce que tu as ?

Ted s'écarta brusquement, pris d'un doute atroce. Si le smoking avait appartenu à Warren, c'était donc Warren le coupable. Et Lockridge s'était laissé emprisonner uniquement pour protéger son fils! Voilà pourquoi il clamait son innocence avec tant de ferveur, au point que même lui, Ted, avait fini par le croire et le plaindre d'être victime d'une telle injustice... Il se prit la tête entre les mains. Cette histoire n'en finirait donc jamais!

Comme par un fait du hasard, une voiture venait de s'arrêter à l'endroit même où le tailleur avait parqué la sienne quelques instants plus tôt, et Warren en personne en descendit. Ted se rua sur lui...

– Ted, cria Laken. Ted, qu'est-ce que tu fais?

C'en était fini de leur week-end, de leur rêve d'évasion, des nuits à la belle étoile, du Mexique... Ted n'avait plus qu'une idée en tête : venger Channing, confondre le vrai coupable, et tant pis si celui-ci était le propre frère de Laken!

– Salut! fit Warren, qui n'avait pas pris garde à l'air furieux de Ted. Je viens juste récupérer quelque chose...

– Pourquoi? Tu t'en vas?

Planté au milieu de l'allée, Ted lui barrait le passage. Warren se demanda quelle mouche avait pu le piquer. Il haussa les épaules et fit un pas en avant.

– Oui, dit-il. Et alors?

– Tu n'iras nulle part. Tu as tué mon frère!

– Qu'est-ce que tu racontes?

Ted l'attrapa par le collet.

– Je vais te conduire à la police...

– Ne me fais pas rigoler! rétorqua Warren en se dégageant brusquement.

Le poing de Ted partit en avant, manquant son

visage de peu. Warren riposta, ignorant encore pourquoi il se battait, et les deux hommes se retrouvèrent corps à corps, tandis que Laken arrivait en courant.

– C'était ton smoking, souffla Ted en le maîtrisant. Le tien, pas celui de ton père... C'est toi qui a pris les pièces, c'est toi qui avais le mot... Tu as tué mon frère, Warren... Et tu vas le payer!

– Attendez! cria Laken. Qu'est-ce qui vous arrive? Vous êtes dingues... Arrêtez!

La pression de Ted se relâcha pendant une fraction de seconde. Warren en profita pour se dégager brutalement. Pris par surprise, Ted reçut son poing en plein visage. Warren avait mis toute sa force dans le coup. Laken vit Ted chanceler, puis s'effondrer. Lorsqu'elle s'accroupit près de lui, il avait perdu connaissance.

– Ted, gémit-elle. Oh, mon dieu, Warren! Qu'est-ce que tu lui as fait?

Warren s'était déjà redressé et s'époussetait machinalement en scrutant les alentours. Par chance, la végétation gênait les regards, et, à moins de se trouver juste devant la barrière, au bout de l'allée, personne ne pouvait les voir.

– Ne t'inquiète pas, souffla-t-il. Il sera sur pied dans deux minutes...

– Mais, enfin, que s'est-il passé?

Warren secoua la tête, mystérieux.

– Tu vas dire à ton petit copain de garder sa découverte pour lui, d'accord? Il n'y comprend rien, il n'a aucune idée de ce qui est réellement arrivé. Demande-lui cela comme une preuve d'amour...

Désormais, les minutes de Warren était comptées. Il s'engouffra dans la maison pour en ressortir quelques minutes plus tard, une valise à la main. Il embrassa sa sœur en lui faisant promettre une nouvelle fois qu'elle s'assurerait du silence de Ted, puis il remonta dans sa voiture et disparut.

Alors, seulement, Ted revint à lui...

Le regard de Joe allait de Kelly à l'âtre de la cheminée, dans lequel les bûches commençaient à s'enflammer, produisant une chaleur d'enfer dans le salon minuscule.

L'anciennne maison de gardien n'était certes pas l'endroit le plus confortable de la résidence Lockridge, mais du moins étaient-ils chez eux, leur intimité préservée.

Vêtu d'un short, torse nu, enfoncé dans le coussin moelleux d'un sofa, Joe pensait qu'un feu en cette saison était bien une idée de femme, mais il ne pouvait tout de même pas reprocher à Kelly d'avoir l'âme romantique, même s'il étouffait! Profitant qu'elle ait le dos tourné, il mit la climatisation à fond...

De sa main gracile, Kelly répartissait à l'aide d'un tisonnier les braises. Elles se tourna vers Joe :

– Tu sais, dit-elle, les Tuckers vont sûrement venir. Ce sont de vieux amis de papa... J'espère qu'ils nous inviteront chez eux. J'adore leur propriété. Tu te rends compte qu'ils disposent d'un golf privé, d'un port et d'une plage!... Tu vas voir, je suis certaine que tu vas adorer!

Kelly n'avait que son mariage à la bouche, et les Tuckers, comme tant d'autres, faisaient partie de la liste des invités. Vêtue d'un long t-shirt sans rien dessous, comme à son habitude lorsqu'ils étaient seuls, elle laissa tomber le tisonnier et s'étira, faisant volontairement saillir ses seins, histoire de le taquiner.

– Très bien! rétorqua Joe, jouant l'indifférence. Si j'ai bien compris, il va me falloir me mettre au golf avant de t'épouser...

Kelly prit un air mondain :

– Oui. Au golf, au tennis, au polo et... au mah-jong!

– Comme cela, je pourrai bavarder avec tes invités!

Kelly roula sur elle-même et se rapprocha de lui avec des mouvements de fauve, dont elle imita le feulement.

– Et moi? siffla-t-elle. Qu'est-ce que je vais être obligée d'apprendre pour avoir un sujet de conversation avec les tiens?

Elle planta ses ongles dans la cuisse de Joe, achevant son geste par une caresse. Celui-ci se prit au jeu.

– Oh, toi, tu as de la veine. La plupart de mes copains sont encore en prison!

Kelly remonta contre lui, leurs deux corps se frôlant.

– Je t'adore quand même, murmura-t-elle tout près de sa bouche.

– J'espère! Car moi je crève de chaud!

Il essaya de l'enlacer, mais, féline jusqu'au bout des ongles, Kelly lui échappa. Pieds nus sur la moquette, elle esquissa un petit pas de danse classique, se rapprochant ostensiblement du bar d'angle où, par dizaines, s'alignaient les bouteilles d'alcools les plus divers. Elle hésita, puis opta pour un scotch, dont elle se servit un verre plein avant d'allumer la radio. Un air de Franck Sinatra se déversa dans la pièce, dégoulinant de romance, sirupeux à souhait. Tout y était : le cadre, l'atmosphère, la plus belle fille du monde... Joe ferma les yeux :

« Nous interrompons le programme musical pour

un bulletin d'informations, intervint un speaker. Hier soir, le corps de Véronica Gayley a été découvert dans son appartement de Valley View... »

Le verre à hauteur des lèvres, Kelly interrompit son geste.

– Oh, mon dieu!

« Une fois de plus, poursuivait le speaker, un œillet blanc avait été placé dans la main de la victime, qui portait des marques de strangulation. Il semblerait qu'un supect soit interrogé en ce moment par les services de police... »

Kelly était devenue livide. Joe se leva brusquement pour augmenter le son, mais le présentateur avait déjà enchaîné sur d'autres informations : les élections, la politique internationale, la pluie, le beau temps... Kelly se lova contre lui. Elle avait les larmes aux yeux.

– Pauvre Véronica, dit-elle. Je la connaissais à peine, mais elle avait l'air d'une chic fille!

– Ils ont arrêté quelqu'un, dit Joe. Je crois savoir qui, mais je vais en avoir le cœur net!

Il décrocha le téléphone :

– Cruz Castillo, s'il vous plaît... De la part de Joe Perkins!

Cruz avait d'autres chats à fouetter, ou plutôt un chat, qu'il espérait bien ne pas laisser échapper avant de l'avoir écorché vif. Exceptionnellement, il refusa donc l'appel de Joe.

La petite salle d'interrogatoires, construite dans les sous-sols du poste de police, avait été choisie pour son aspect aussi sordide que lugubre : peu de coupables y résistaient bien longtemps. Mais il semblait que Peter fût d'une autre trempe. Son flegme, en tout cas, était troublant.

Assis à califourchon sur une chaise bancale, Mason menait l'interrogatoire :

– Très bien, Peter, on va recommencer, hein? Tu as dit que tu étais au cinéma.

– Je l'ai dit et répété, soupira Peter.

– Dis-le encore une fois!

– Très bien, je suis allé au cinéma. J'y suis allé tout seul. Je regrette, c'est tout ce que je peux faire pour vous...

– Donc, tu n'as aucun alibi! intervint Cruz...

Peter sourit intérieurement. Il attendait cet instant depuis près d'une heure, mais, en fin psychologue, avait préféré qu'ils lui posent d'abord la question. Ainsi, il n'en serait que plus crédible... Avec un sens consommé de l'art dramatique, il se frappa le front :

– Bon sang, que je suis bête... J'avais presque oublié. Bien sûr que j'ai parlé à quelqu'un. Amy Perkins était dans la salle, juste devant moi, avec sa mère et son petit ami ou je ne sais qui, un garçon qu'elle appelait Brick... Elle s'en souviendra, car, sans le faire exprès, j'ai renversé mon sac de pop-corn sur sa robe...

Cruz et Mason se regardèrent, interdits : si Peter disait la vérité, ils venaient, du même coup, de perdre leur meilleur suspect.

– Si tu mens encore, ce ne sera pas long à découvrir! dit Cruz.

– Eh bien, vérifiez! sourit Peter.

Cruz se rua hors de la salle. Il réapparut moins d'un quart d'heure plus tard, l'air furieux. Un seul coup de téléphone avait suffi à confirmer les dires de Peter. MARISA en personne, la propre mère de Joe, n'avait pu faire autrement que de le disculper : à 9h30, soit cinq minutes après que Véronica eut appelé Mason, Peter se trouvait bien en sa compagnie, et Amy, de même de Brick, étaient prêts à le confirmer...

Mason prit Cruz à part :

– Je ne sais pas comment il a fait, mais quelque chose cloche...

– Son alibi est imparable, soupira Cruz Castillo. Ou alors Peter est un génie du mal...

Mason le fixa, l'air bizarre :

– C'est ce que je vais finir par croire !

Pour la seconde fois, la mort dans l'âme, les deux hommes durent relâcher Peter...

– Mason a raison, songea Cruz en regardant partir le suspect. Son alibi est parfait... Mais un peu trop parfait pour moi !

En attendant, le « tueur à l'œillet » était de nouveau en liberté !

Ted n'avait décidément pas de chance.

D'abord, sa journée avait été gâchée par l'arrivée inopportune du tailleur dont il regrettait déjà les confidences involontaires. Ensuite, il y avait eu l'irruption de Warren dont il gardait le souvenir cuisant inscrit sur sa joue, sous forme d'un bel hématome. Puis il avait cherché à joindre son frère Mason, passant une bonne partie de l'après-midi suspendu au téléphone, sans pouvoir lui mettre la main dessus. Pour parfaire l'ensemble, Laken lui faisait la tête et avait même refusé de le soigner...

Mais tout cela n'était rien, comparé aux événements du début de la soirée !

Ted avait enfin réussi à mettre la main sur Mason et était en train de lui parler au téléphone lorsque Laken, dont il ignorait la présence, s'était glissée à ses côtés.

– Mason, disait Ted, enfin, écoute-moi! C'est vraiment urgent...

– Que se passe-t-il? demanda Mason.

– C'est au sujet de Lionel Lockridge... Tu t'es trompé, ce n'est pas lui le coupable!

– Mais qu'est-ce que tu racontes?

A cet instant, Ted aurait pu encore se taire et, lâchement, sans doute l'aurait-il fait s'il avait seulement deviné la présence de Laken derrière lui. Il prit une profonde inspiration et laissa tomber :

– J'ai la preuve, Mason. Le vrai coupable, c'est Warren!

Le cri de Laken le tétanisa. Il se tourna brusquement et la vit éclater en sanglots...

– Ted! appelait Mason. Ted!

– Tu lui as dit! hoqueta Laken, les traits déformés par la colère. Tu m'avais promis, mais tu n'as pas pu te taire. Tu as eu tort, Ted, tu as tout gâché entre nous!

Ted voulut la rattraper, mais Laken s'éloigna en courant. Une porte claqua. Puis une portière de voiture. Elle démarra en trombe...

Au bord du désespoir, Ted comprit que, cette fois, leur rupture était consommée. Il reprit le téléphone et dit d'une voix sans timbre :

– Mason, Laken vient de me quitter...

– C'est quoi cette histoire? gronda son frère. Pourquoi accuses-tu Warren?

Ted lui expliqua. Il venait de perdre la femme qu'il aimait, et tentait de se consoler en assumant jusqu'au bout ce qu'il croyait être son devoir. Aussi fut-il surpris d'entendre la réponse de Mason.

– Ce n'est pas une preuve suffisante, Ted. J'ai bien peur que tu te sois mis Laken à dos pour rien... Tout ce que je peux faire, c'est tenter d'interroger

Warren. Désolé, petit frère! Ajouta-t-il avant de raccrocher...

Ted regarda par la fenêtre, le soleil en train de se coucher. La baie de Santa Barbara paraissait s'être embrasée et les phares des voitures, là-bas, sur l'autoroute, traçaient de plaisantes lignes lumineuses qui, toutes, semblaient converger vers le sud...

« Vers le Mexique! pensa Ted, sentant les larmes lui monter aux yeux. Et j'y serais aussi avec Laken s'il n'y avait pas eu Warren! »

La journée avait été longue. Le cœur brisé, il monta se coucher...

CHAPITRE 11

– Oh, Kelly. Nous allons faire ensemble le plus beau voyage de noces dont tu aies jamais rêvé. Bien plus beau que le premier... Je vais t'emmener sur une île exotique, la plus magnifique que je trouverai. Je veux t'embrasser sur une plage déserte, où seuls les oiseaux pourront nous voir. Nous passerons nos journées dans l'eau ou allongés au soleil. Les nuits, ensuite, seront à nous. Je te ferai l'amour des heures entières... Toi et moi, seuls. Ce sera le plus beau moment de notre vie...

Peter avait parlé à voix haute sans s'en rendre compte. Et, tandis qu'il parcourait la chambre de Kelly, ses doigts effleuraient chaque objet, comme si, par ce contact, il avait pu la toucher elle. Cette crise de démence était plus forte que les précédentes, mais, pour une fois, ne s'accompagnait d'aucune douleur. Au contraire : Peter se sentait bien. Il était près d'elle...

Comment était-il parvenu à se glisser dans l'appartement, malgré les gardes et les systèmes électroniques dont la résidence Capwell était truffée ? Lui-même l'ignorait. Sans doute existe-t-il un Dieu ou un ange gardien pour protéger les fous... Peter avait trouvé le petit pavillon vide. Tous se préparaient au mariage qui aurait lieu le lendemain.

Il passa plusieurs minutes à explorer les placards, émerveillé par la vision des vêtements de son aimée : la soie de ses dessous, les bas de satin qu'il imaginait sans peine gainant ses longues jambes fuselées, les robes dont il respira le parfum...

« Pour moi ! pensait-il. Rien que pour moi ! »

Puis il voulut laisser une trace de son passage. Un message qu'elle seule comprendrait...

Il défit l'œillet qu'il portait à la boutonnière et, délicatement, le déposa sur le lit...

Telle une offrande amoureuse.

Au même instant, et pour des motifs exactement à l'opposé de ceux de Peter, Cruz et Mason exploraient l'appartement de Véronica.

Convaincus que Peter n'était pas aussi innocent que le laissait entendre son alibi « un peu trop parfait », les deux hommes s'étaient d'abord rendus au cinéma en compagnie d'Amy Perkins, qui avait bien voulu se prêter à la reconstitution. C'est ainsi qu'ils avaient décelé un fait troublant : Amy se trouvait un rang devant Peter lorsqu'il avait renversé son sac de pop-corn sur elle – à croire qu'il l'avait fait exprès –, or cet incident était le seul élément permettant de déterminer le moment précis de sa présence dans la salle. La coïncidence était un peu trop providentielle. Et les soupçons des deux hommes avaient bientôt été renforcés par la découverte de la fenêtre des toilettes. L'issue était idéale pour qui souhaitait ne pas se faire remarquer... Restait à comprendre comment Peter avait fait pour se retrouver au même moment dans deux endroits différents, séparés par un trajet de dix minutes. Le meilleur moyen de le savoir, en avait conclu Cruz, était de retourner sur les lieux du crime...

La salle de bain était telle qu'ils l'avaient laissée deux jours plus tôt, et le parfum de Véronica flottait encore dans la pièce. Des flèches, tracées à la craie, indiquaient l'emplacement de divers objets, emportés pour étude au laboratoire. Quelqu'un, heureusement, avait eu le bon goût de vider la baignoire.

– Ça va ? demanda Cruz en observant Mason du coin de l'œil.

Celui-ci avait les traits tirés, le teint blafard, mais, courageusement, il hocha la tête.

– Récapitulons, dit Cruz. Les gars du labo ont trouvé une multitude d'empreintes dans la pièce. Il y avait principalement celles de Véronica, mais il y en avait d'autres non identifiées, en plus des vôtres, qu'on a évidemment mises de côté...

– Merci, dit sèchement Mason.

– Écoutez, je sais que c'est difficile, mais personne ne la connaissait aussi bien que vous. Nous sommes à la recherche de nouveaux indices, d'accord ! Quelque chose qui aurait pu échapper à un enquêteur professionnel, mais pas à un familier des lieux. Regardez autour de vous. Est-ce que vous voyez quelque chose qui diffère de vos souvenirs ?

Mason se prit la tête dans les mains, plus abattu que jamais. Pour autant qu'il s'en souvînt, rien n'avait changé. Rien, sinon que Véronica était morte... Et aucune enquête, se concluerait-elle par l'arrestation de mille coupables, ne la ferait jamais revenir ! Douloureusement, il parcourut la pièce du regard. Véronica avait toujours eu un petit faible pour cette salle de bain. Elle passait des heures dans sa baignoire, de la mousse jusqu'au menton, les lumières au plus faible de leur intensité, un verre à portée de la main. Souvent, Mason la rejoignait et ils faisaient l'amour dans l'eau en écoutant de la musique...

Mason se figea.

De la musique!

– C'est curieux, dit-il. Elle plaçait toujours son magnétophone à côté de la baignoire avant de se glisser dans l'eau. Mais, j'ai beau regarder partout, je ne le vois nulle part.

– Elle a pu oublier, ou le mettre ailleurs, suggéra Cruz.

Mason secoua la tête.

– Non. Impossible. Cela faisait partie de son rituel. L'eau à 37°, de la mousse, un verre de scotch et la musique à plein volume...

– A plein volume? fit Cruz, soudain vivement intéressé. Y avait-il de la musique quand elle vous a appelé?

– Pas que je me souvienne...

Mentalement, Cruz reconstitua la liste des objets inventoriés dans l'appartement. A priori, aucun magnétophone n'y figurait. Il demanda à Mason de lui décrire l'appareil – « un gros machin rouge », répondit-il –, et les deux hommes partirent à sa recherche. Une demi-heure plus tard, le petit deux-pièces ayant été, une fois de plus, fouillé de fond en comble, il parut évident que le lecteur-enregistreur avait disparu. Entre-temps, Cruz avait édifié une théorie, dont il fit part à Mason...

– Supposons que le meurtrier soit bien Peter. Qu'est-ce qui nous empêche de le croire, pour l'instant? Cet appel de Véronica que vous avez reçu, juste avant sa mort!... En fait, vous êtes le meilleur alibi du criminel. Mais, Mason, vous avez entendu Véronica, ou cru l'entendre; vous ne l'avez pas vue!... Comment pouvez-vous être sûr qu'il ne s'agissait pas d'un enregistrement?

Mason se raidit, frappé par l'évidence.

– Dans ce cas, Peter aurait eu assez de temps pour retourner au cinéma après l'avoir tuée...

– Exactement. Il lui aurait alors suffi d'emporter l'appareil avec lui, de vous appeler, de vous passer la bande, puis de regagner sa place dans la salle...

– ... Et de renverser du pop-corn sur la robe d'Amy Perkins!

Les deux hommes s'observèrent en silence. Ils ignoraient encore à quel point ils se rapprochaient de la vérité!

– Il faut retrouver ce magnétophone, conclut Cruz.

– D'accord, dit Mason après réflexion. Je vous donne carte blanche!

Sophia Capwell referma son journal.

Le mariage de Joe et Kelly était annoncé par le *Chronicle* comme « l'événement mondain le plus sensationnel que Santa Barbara ait connu depuis au moins une décennie ». Et l'auteur de l'article, qui comptait parmi les fervents admirateurs de la ravissante Kelly Capwell – et sans doute aussi parmi les débiteurs de sa toute-puissante famille –, n'avait pu s'empêcher d'ajouter qu'il était « regrettable que de telles festivités doivent se dérouler dans une atmosphère de drame, après cette série de meurtres ».

Quoi qu'il en fût, la ville tout entière rêvait d'être conviée à la cérémonie, qui s'annonçait à l'image d'un conte de fées et serait suivie d'une réception fastueuse dont le coût défrayait déjà la chronique. On parlait d'un demi-million de dollars, ce qui était sans doute un peu exagéré. Mais à peine! Channing Capwell savait faire les choses en grand, surtout quand il s'agissait d'honorer sa fille!

Santa Barbara se divisait désormais entre les heureux élus – autrement dit les invités – et les moins chanceux, exclus du mariage car trop nombreux, et qui se seraient damnés pour participer à la fête... Et c'était justement la cause momentanée des tourments de Sophia Capwell : comment allait-elle faire pour appartenir à la première catégorie?

Silencieux, Marcello rôdait autour d'elle depuis de longues minutes, l'épiant dès qu'elle baissait les yeux, la mâchoire crispée, ce qui était, chez lui, signe de mauvais augure. Une table avait été dressée au milieu du salon, recouverte d'une nappe blanche brodée, sur laquelle s'étalaient, à côté de deux assiettes en porcelaine vides, les mets les plus exquis servis dans des plats d'argent. Aucun des deux n'avait le moindre appétit. Machinalement, Sophia tendit la main vers une pince de langouste. Puis, se ravisant, elle se servit un verre de vin, qu'elle vida d'un trait, indifférente au millésime de l'excellent Bourgueil.

– Marcello, dit-elle, je dois revoir mes enfants. Je m'inquiète pour Eden, et encore plus pour Kelly!

C'était fait. Elle avait devancé l'orage. Marcello se figea, et elle vit la colère lui empourprer les joues.

– Tu t'inquiètes pour tous tes enfants! rétorqua l'Italien d'une voix blanche. En réalité, ton problème c'est que tu ne peux pas revenir en arrière. Ils ont oublié leur mère, et cela te rend malade!

Sophia ferma les yeux. Un second verre suivit le chemin du premier.

– Fais-moi confiance, murmura-t-elle. Si je croyais sincèrement que mes enfants fussent plus heureux sans moi, je repartirais demain.

– Ah oui? grinça Marcello. Le jour du mariage?

Il avait misé juste, et Sophia accusa le coup.

– Comment vas-tu y assister, poursuivait Marcello. En te déguisant en Martienne? Ce n'est pas un bal masqué... Tu crois vraiment que personne ne te reconnaîtra?

Sophia reposa brutalement son verre. Sa voix se fit grinçante :

– Je t'assure que je n'ai aucun besoin de tes sarcasmes. Kelly est ma fille, Marcello, que tu le veuilles ou non.

Puis elle se radoucit. Marcello était son seul allié, et elle avait besoin de son aide.

– Excuse-moi, dit-elle. Je suis à cran.

Radouci à son tour, Marcello s'assit à côté d'elle et lui prit la main.

– Je crois que c'est stupide et en même temps dangereux pour toi de rester à Santa Barbara. Lionel sait sous quel nom tu te caches à présent. Il suffit qu'il en parle...

– Mais il ne le fera pas, rétorqua Sophia d'un ton catégorique. Il est trop malin pour cela. Il sait que je dispose d'une arme redoutable, et il a trop peur de moi...

Au fond d'elle-même, Sophia n'en était pas si sûre. Elle connaissait assez Lionel pour savoir qu'il ne désarmait pas facilement. Mais elle avait eu ce qu'elle voulait : son amant, devenu son pire ennemi, croupissait enfin en prison. Pour toujours, espérait-elle... Et il s'agissait de fêter dignement l'événement.

De nouveau, elle tendit la main vers la bouteille.

– Tu bois trop, intervint Marcello.

– Peut-être, sourit Sophia. Mais, cette fois, je voudrais porter un toast!

Habitué à ses caprices, Marcello se contraignit à faire le service lui-même. Puis, l'imitant, il leva son verre.

– A qui? soupira-t-il.

– A la déchéance de Lionel Lockridge! grinça Sophia Capwell, affichant un sourire démoniaque.

Ils trinquèrent.

Tous deux ignoraient qu'au même instant, caché derrière le miroir sans tain, un homme les observait. Et Sophia aurait été terrifiée en apprenant qu'il s'agissait de Warren, délégué par son père pour les espionner!

Kelly s'apprêtait à se coucher lorsqu'elle découvrit l'œillet, bien en évidence, sur le lit.

Son cri tétanisa Joe, qui se rua hors de la salle de bain. Il découvrit Kelly à genoux au pied du lit, secouée de sanglots, terrifiée.

– C'est... c'est une plaisanterie affreuse! hoqueta-t-elle.

– Non! dit Joe. Ce n'est pas une plaisanterie...

Rageusement, il prit la fleur et l'écrasa dans ses mains. Demain était le jour de leur mariage. Et un homme, la veille de ses noces, n'aurait dû penser qu'à son bonheur, à son amour et oublier la haine.

Pourtant, en réduisant les pétales en charpie, Joe n'avait qu'une envie : faire subir le même traitement à Peter!

CHAPITRE 12

Le grand jour était enfin arrivé, et le cortège de limousines qui s'étirait devant la résidence Capwell n'avait rien à envier à l'escorte d'un prince ou d'un émir du pétrole. Sous le chaud soleil matinal, les carrosseries dcs Rolls, Mercedes, Bentley, Jaguar et Cadillac étincelaient comme un long fleuve d'argent, et d'aucuns pensaient que, pour satisfaire au confort de ses invités, Channing Capwell avait dû louer la quasi-totalité des voitures de luxe de Santa Barbara... Ce qui était en partie vrai. Cependant, les plus beaux véhicules appartenaient à sa propre collection!

A l'intérieur de la maison, l'effervescence était à son paroxysmc. Depuis l'aube se succédaient décorateurs, traiteurs, musiciens, ordonnateurs de cérémonie, et le personnel de maison, débordé, ne savait plus à quel saint se vouer ni à qui demander quoi... Fallait-il dresser le buffet sous la tonnelle? La réponse était oui... Mais Capwell voulait aussi des tables dans le salon, un podium dans le patio, des haut-parleurs dans chaque pièce, de sorte que tous puissent entendre la musique et danser, et des fleurs... des myriades de fleurs, des gerbes, des bouquets et des pétales dispersés tout au long du chemin.

Aidé de Gina, qui, à la fureur d'Eden, jouait pour la première fois son rôle de maîtresse de maison, Channing Capwell supervisait chacun des préparatifs.

Il avait été annoncé que le célèbre chanteur Jeffrey Osborne, le préféré de Kelly, conduirait en personne la cérémonie... Et, parmi les invités, étaient attendus non seulement tout le gratin de Santa Barbara, y compris le maire et le sénateur de Californie, mais aussi de nombreuses personnalités du show-business et du cinéma, pour lesquels un avion spécial avait été affrété, qui décollerait de Burbank, l'aéroport le plus proche d'Hollywood. Pour respecter leur intimité, Capwell avait dû refuser la présence des chaînes de télévision nationales, accordant cependant une sorte d'exclusivité à K.S.B.C., son *network* préféré... Une chaîne dont – cela va sans dire ! – il possédait la majorité des actions.

Mais le plus difficile restait à faire, puisqu'il s'agissait d'organiser la sécurité durant et après la cérémonie. On craignait une nouvelle tentative du « tueur à l'œillet », surtout après l'incident de la veille dont Kelly se remettait mal et qui démontrait, une fois de plus, l'audace du forcené...

Forcené sur l'identité duquel Joe n'avait plus aucun doute, tandis que Mason et Cruz, pourtant presque aussi convaincus que lui, avouaient leur impuissance, faute de preuves pour le confondre...

Des preuves, Cruz avait bien tenté d'en trouver, une fois de plus, la veille au soir, forçant l'appartement de Peter en présence de ce dernier. Mais si Peter possédait effectivement un magnétophone, dont la description correspondait parfaitement à celui de Véronica, il s'agissait malheureusement d'un appareil de série, comme on en trouve des centaines dans n'importe quel bazar. Et, comble de malchance pour les enquêteurs, il s'avéra, après vérification auprès du constructeur, que le numéro figurant sur le boîtier ne correspondait à aucun nom enregistré, Véronica (s'il s'agissait bien du sien) ayant sans doute omis de remplir le bon de garantie.

Bref, Cruz tournait en rond, et le mariage s'organisait. Par acquit de conscience, il avait fait doubler le nombre des gardes dont certains, désormais, étaient escortés par des chiens. A l'agitation fébrile des livreurs, majordomes, serveuses, femmes de chambre et demoiselles d'honneur s'ajoutait donc la tension due à la présence d'une vingtaine d'hommes en armes qui, pour être discrets, n'en étaient pas moins sur le qui-vive et prêts à dégainer à la moindre alerte...

Dans la chambre de jeune fille de Kelly, transformée pour l'occasion en salon d'essayage, avait commencé à se dérouler un véritable défilé, tandis que deux couturières s'affairaient aux retouches des robes de cérémonie. Arrivée la première, Eden resplendissait dans un ravissant fourreau bleu turquoise, d'une élégance discrète que relevait l'éclat d'une rivière de diamants. Étaient également présentes Laken, qui achevait de s'habiller, Amy Perkins, malgré sa grossesse, et deux amies de Kelly.

Depuis sept heures du matin, le téléphone n'avait cessé de sonner, et c'était chaque fois pour Kelly, qui actuellement se reposait, prenant des forces avant l'épreuve tant attendue. Aussi Eden fut-elle étonnée lorsque, au dernier appel, quelqu'un lui tendit l'appareil.

Elle ne reconnut pas immédiatement la voix de Suzanne Carlyle. Celle-ci voulait la revoir, et lui demandait de la rejoindre à son hôtel avant le début de la cérémonie. Son article était urgent, prétendit-elle, et Eden, prise au dépourvu, ne trouva aucune excuse pour refuser.

– Formidable! dit Suzanne-Sophia, enthousiaste. Alors, à dix heures, hôtel Capwell, chambre 103...

Eden raccrocha, contrariée. C'était bien le jour à donner des interviews! Puis, ôtant sa robe de cérémonie qu'elle troqua contre une tenue de tous les jours, elle se mit à réfléchir. Il y avait tout de même quelque chose d'étrange chez cette femme. Eden avait eu, plus d'une fois, l'occasion d'être confrontée à des journalistes et connaissait leur obstination lorsqu'ils croyaient tenir un article. C'était la règle du jeu. Mais l'attitude de Suzanne Carlyle dépassait le simple acharnement. Elle rôdait autour des Capwell de façon quasi obsessionnelle... Eden regarda sa montre. Il lui restait une heure avant le rendez-vous. Rendez-vous auquel elle allait se rendre, mais non sans avoir d'abord pris quelques renseignements!

Plongée dans ses pensées, Eden ne réalisa pas tout d'abord que sa sœur venait d'arriver. Kelly s'était plantée à ses côtés et se regardait dans le miroir en faisant bouffer ses cheveux...

– Ah, tu es là! dit Eden. Mais dis donc, tu es superbe! Qui t'a maquillée?

Vêtue d'une robe blanche à légers volants, les épaules nues, la finesse de ses traits rehaussée par une pointe de rimmel, Kelly était la grâce même. Coquette comme à son habitude, elle virevolta sur elle-même, les mains collées aux hanches, soulevant les applaudissements des retoucheuses et des demoiselles d'honneur.

– C'est vrai, je te plais? Ou tu dis ça parce que tu es ma sœur?

– Joe va adorer! affirma Eden.
– Eh bien, alors, tant mieux!
Puis Kelly se rembrunit.
– Tu sais... hésita-t-elle, ce matin encore je me demandais si je n'étais pas en train de faire une bêtise. Je dis cela à cause du tueur... Joe est persuadé qu'il s'agit de Peter. Moi, je n'en sais rien. Mais, si c'est bien Peter, tu ne crois pas qu'il risque de prendre mon mariage comme une provocation?
Eden posa les deux mains sur les épaules de sa sœur et plongea son regard dans le sien.
– Tu aimes Joe, dit-elle, catégorique. Il n'y a que cela qui compte. C'est le jour de ton mariage, et tu ne dois penser à rien d'autre!
– Tu as raison! acquiesça Kelly en l'embrassant sur la joue... Je dois être nerveuse, mais il paraît que toutes les jeunes mariées le sont!... Tu t'en vas? ajouta-t-elle en constatant tout à coup qu'Eden s'était changée.
– Oui. Un rendez-vous. Mais, ne t'inquiète pas, je serai à l'heure pour la cérémonie.
Les deux sœurs s'embrassèrent de nouveau, puis Eden enfila ses chaussures et sortit.

Lorsque Sophia décrocha le téléphone, elle crut tout d'abord à une mauvaise plaisanterie. Depuis quand les prisonniers avaient-ils le droit d'appeler l'extérieur? Lionel n'était quand même pas le genre d'homme à s'évader! C'était pourtant bien lui, qui profitait une fois de plus de son régime de faveur, et, un instant, Sophia fut tentée de raccrocher...
Elle ne put pourtant s'empêcher de lui demander ce qu'il voulait.
– Sophia, gronda-t-il, menaçant. Mon fils Warren

a été impliqué dans la mort de Channing. Alors, je vais dire à Mason qui tu es, et lui révéler tout ce que tu as fait jusqu'ici!

Sophia se laissa tomber sur une chaise.

– Tu ne feras pas ça! souffla-t-elle. Tu sais que je suis en mesure de ruiner ta vie et celle des tiens!

Un rire lui répondit.

– Ruiner ma vie? Je suis déjà en prison, et maintenant Warren est accusé de meurtre. Qu'est-ce qui pourrait m'arriver de pire?

– Tu n'attends quand même pas de la pitié de ma part, après ce que tu m'as fait?

Il y eut un silence, et Sophia tâtonna sur le bureau à la recherche d'une cigarette. A l'autre bout de la ligne, Lionel soupira.

– Je n'attends rien du tout, Sophia. Je n'ai jamais rien attendu de toi, sauf un peu d'amour. Mais ce n'est pas ce que tu veux. Ton désir de vengeance est tellement ancré dans ton esprit que tu te moques bien du mal que tu peux causer. Mais, moi, je dois me battre pour mon fils Warren et, si, pour le défendre, je suis obligé de révéler qui tu es, je le ferai. C'est bien clair?

Sophia prit une profonde inspiration. Sans doute avait-elle sous-estimé Lockridge. Ou plutôt, surestimé sa capacité à encaisser les coups sans les rendre. Il lui fallait gagner du temps. Au moins dix jours...

– Une semaine! rétorqua Lionel. Une semaine à compter de cet après-midi!

Sophia tenta de négocier, mais Lockridge avait déjà raccroché. Enfin elle trouva son paquet de cigarettes, en sortit une et l'alluma, la main tremblante. Elle tirait de longues bouffées, songeuse, et déjà un nuage de fumée l'entourait lorsque Marcello fit irruption dans la pièce.

– Pourquoi as-tu besoin de ma chambre? demanda-t-il.

Sophia sursauta et regarda sa montre. Il était presque dix heures.

– C'est vrai, mon pauvre Marcello. J'aurais dû te prévenir. Ma fille Eden va bientôt arriver, et je ne veux pas qu'elle découvre que Suzanne Carlyle est la même femme que la célèbre comtesse Armenti. Cela ne te dérange pas?

Marcello lui passa la main dans les cheveux.

– Non. Mais tu n'as rien à craindre. Ce sont deux femmes très différentes!

– Merci, sourit Sophia. Tu ne pouvais pas me faire plus beau compliment...

Marcello était habillé pour sortir. Sophia avait fini par le convaincre qu'il valait mieux, pour lui, retourner en Europe, du moins le temps qu'elle ait fini de régler son passé, et, depuis, il se montrait distant, évasif... Il lui dit au revoir d'un petit signe de la main.

Marcello se trouvait à mi-chemin de l'ascenseur quand la cabine s'ouvrit sur Eden. La jeune femme semblait pressée et ne lui accorda, de loin, qu'une attention distraite. Marcello, quant à lui, la reconnut aussitôt, pour l'avoir rencontrée, quelque trois ans plus tôt, sur la Côte d'Azur. Par un concours de circonstances fâcheux, Eden était descendue au même hôtel que Sophia et lui, le *Majestic*, sur la Croisette. A quelques secondes près, elle avait failli tomber sur sa mère, ce que Marcello était parvenu à éviter en se livrant à un numéro de séduction aussi puéril qu'éhonté. Craignant qu'elle se souvînt de lui, il garda la tête baissée...

Le regard étonné dont Eden le fixa en le croisant lui fit malheureusement comprendre qu'elle l'avait plus ou moins reconnu.

– Excusez-moi, dit-elle. Nous nous sommes déjà rencontrés...

– Non, je ne crois pas, éluda-t-il.

Eden continuait de le fixer. Elle baissa les yeux.

– Vous avez peut-être raison. Savez-vous où se trouve la chambre de Mlle Carlyle?

– Suzanne Carlyle? Je viens justement de chez elle. C'est la troisième porte, juste après l'angle du couloir...

Marcello la salua, puis, craignant d'autres questions, s'enfuit presque en courant, soulagé de s'en tirer à si bon compte.

Lorsque Eden frappa à la porte de Sophia, sa mère venait à peine d'enfiler sa perruque et de chausser ses lunettes. Le visage désormais familier de Suzanne Carlyle apparut dans l'embrasement et, à son sourire, Eden répondit par une moue crispée. Sophia s'écarta, murmurant une phrase de bienvenue, et Eden s'engouffra dans le petit appartement. Elle n'était venue que dans un seul but : tirer toute cette histoire au clair...

– C'est si gentil d'avoir répondu à mon invitation, minauda Sophia en lui tendant une chaise. Surtout que vous devez être sur les dents avec le mariage de votre sœur... Enfin, je n'ai plus que deux ou trois questions à vous poser, et mon article est presque fini...

Eden la fixa durement, négligeant le siège :

– Combien de temps allez-vous poursuivre cette mascarade, grinça-t-elle.

– Je vous demande pardon?

– Mettons les choses au point, continua Eden sur le même ton. Je ne sais pas ce que vous attendez de moi, mais ce matin, avant de venir, j'ai fait ma petite enquête. Je sais que vous ne connaissez même pas l'éditeur dont vous avez cité le nom. Et le journal pour lequel vous prétendez travailler n'a jamais entendu parler d'aucune Suzanne Carlyle... Alors bas les masques! Dites-moi ce que vous attendez de moi!

Sophia avait blêmi. Le regard affolé, elle chercha dans la pièce et par la grande baie vitrée un objet, une silhouette sur lesquels puiser son inspiration. Prise de court, elle ne put que balbutier, la voix pathétique :

– C'est que... j'écris sous un pseudonyme, vous comprenez...

– Assez de mensonges! cingla Eden. Votre prétendu éditeur n'a jamais envoyé personne pour enquêter sur ma famille. Alors, mademoiselle Carlyle, ou qui que vous soyez, j'aimerais savoir ce que vous faites à Santa Barbara et pourquoi vous tenez tant à nous poser, à ma sœur et à moi, des questions aussi intimes!

Eden connaissait d'avance la réponse, qu'elle aurait sans doute utilisée si elle s'était trouvée dans la situation de l'inconnue, aussi ne fut-elle pas surprise de l'entendre rétorquer qu'elle était en fait pigiste et n'avait pas encore réussi à placer son article. Eden ne put contenir sa colère plus longtemps :

– Vous ne savez proférer que des mensonges! cria-t-elle. Qui croyez-vous tromper avec ces lunettes affreuses et cette perruque ridicule? D'ailleurs, j'aimerais voir votre visage, le vrai. Choisissez : vous les enlevez ou je le fais pour vous.

Joignant le geste à la parole, Eden tendit la main. Sophia eut un mouvement de recul et se protégea le visage, comme si sa fille avait voulu la frapper. Mais la jeune femme avait dépassé le seuil de la retenue. D'un même élan, indifférente aux suppliques de Sophia, elle arracha perruque et lunettes, puis elle recula d'un pas...

Alors, lentement, Sophia redressa la tête. Ses yeux brillaient de larmes, qu'elle retenait avec courage, n'ayant plus que sa dignité à préserver. D'un air apeuré, mais à la fois plein de défi, elle fixa sa fille. Et, lorsqu'elle la reconnut, Eden crut que le monde venait de s'effondrer autour d'elle...

Ses lèvres formèrent le mot sans y croire :

– Maman?

L'église était déjà pleine de monde, et la sourde rumeur, ponctuée d'exclamations de joie, grossissait encore. La plupart des invités étaient en avance. Et chaque arrivée donnait lieu à de ferventes effusions, mitraillées par les flashes des photographes, dans une ambiance d'avant-première hollywoodienne dont la vedette se serait fait attendre.

Channing Capwell, superbe dans un smoking en soie naturelle, officiait près de la porte, tel un maître de cérémonie, et c'était à qui jouerait le mieux des coudes pour se rapprocher de lui. En l'espace d'une demi-heure, il avait serré plus de mains qu'un futur président en pleine campagne électorale. Parmi les personnalités importantes, il se souvenait d'avoir accueilli le sénateur, puis le gouverneur de Californie, trois représentants locaux, un magnat du pétrole presque aussi riche que lui, deux vedettes du petit écran, et Marian Doll, la nouvelle star de Broadway. M. le maire se présenta à son tour, escorté de sa femme et de ses trois enfants.

– Ravi de vous revoir, dit Capwell en leur indiquant leur rangée.

Il ne comptait plus le nombre de fois qu'il avait prononcé cette phrase. Et la file d'attente – chacun tenant à être reçu par le père de la mariée – s'étirait encore jusqu'au parvis.

Lassé d'un rôle qu'il avait peine à assumer, Capwell décida de s'accorder une pause. Ted s'offrit aussitôt pour le remplacer, et Capwell remonta l'allée centrale vers le déambulatoire, serrant encore quelques mains au passage, répondant par un sourire de circonstance à qui s'adressait à lui. Il croisa Amy Perkins, en pleine conversation avec une de ses amies. La sœur de Joe, dont le ventre bien arrondi tendait la robe de demoiselle d'honneur, semblait inquiète de l'image qu'elle offrait :

– De quoi j'ai l'air? insistait-elle. Sois sincère!

– Eh bien, répondit l'amie, tu as l'air d'avoir pris quelques mois d'avance sur la mariée...

Le visage d'Amy se crispa. Elle rétorqua, rageuse :

– Un jour, je te dirai ce que je pense de toi...

Puis, apercevant Capwell, elle mima un garde-à-vous comique :

– Bonjour, mon colonel. Demoiselle d'honneur au rapport...

Capwell avait toujours eu un pctit faible pour la sœur de Joe. Il la trouvait amusante et appréciait sa spontanéité. Un peu gêné, cependant, il tenta d'ébaucher un compliment :

– Amy, vous êtes...

– Oui, je sais! se ferma-t-elle.

Capwell secoua la tête et rit.

– Non, je voulais dire : « vous êtes superbc! » Et la couleur de cette robe vous va à ravir!

Amy prit un air vainqueur en se tournant vers son amie :

– Ah, tu vois!

Mais Capwell s'éloignait déjà. Un peu plus loin, il rencontra Jeffrey Osborne, le chanteur noir, dont la présence devait être une surprise pour Kelly.

– Soyez le bienvenu, dit-il. Et merci d'avoir accepté de vous joindre à nous.

– Je voulais être le marié, fit Osborne en ponctuant son sourire d'un clin d'œil, mais Joe m'a pris de court...

Apercevant Osborne, trois photographes se ruèrent sur lui. Les flashes crépitèrent autour du chanteur ravi, et Capwell en profita pour s'éclipser. Kelly devait être en train de se changer dans la petite pièce que le pasteur avait mise à sa disposition, et Capwell avait envie de la voir.

Le couloir menant aux appartements était heureusement vide. Un peu plus loin, il rencontra Eden, encore tout échevelée, qui venait d'enfiler sa robe de cérémonie. Son air bouleversé l'arrêta... On aurait dit qu'Eden avait vu un fantôme. Et, se faisant cette réflexion, Capwell ignorait à quel point il était proche de la vérité.

– Quelque chose ne va pas? demanda-t-il avec douceur.

– Non... non, mentit Eden en se forçant à sourire. C'est simplement l'idée de marier ma sœur...

Capwell lui caressa la joue.

– Attends au moins que ce soit ton tour pour prendre cet air catastrophé...

Encore sous le choc de sa découverte, Eden se demandait si elle n'avait pas rêvé. Avait-elle vraiment vu sa mère, ou bien l'apparition était-elle seulement le fruit de son imagination? Un fantasme, en quelque sorte. Mais un fantasme douloureux... Elle se souvenait simplement s'être enfuie, poursuivie par sa mère qui la suppliait de l'écouter.

« Mais ma mère est morte! Non, je ne veux pas de nouveau souffrir à cause d'elle! »

Eden ouvrit la bouche, et Capwell eut l'impression qu'elle avait envie de se confier. Mais l'expression de sa fille changea aussitôt. Son large front se plissa sur cet air buté qu'il ne lui connaissait que trop. Intérieurement, Capwell haussa les épaules. Eden avait toujours été un mystère pour lui...

« Mon pauvre papa, songeait-elle au même instant. Quelle serait ta réaction si je t'apprenais que ta femme est vivante, alors que tu la crois morte depuis quinze ans? »

– Tu vas voir Kelly? demanda-t-elle.

– Oui. Tu sais où elle est?

Eden lui indiqua le fond du couloir, avant de se précipiter vers la nef où, espérait-elle, Cruz l'attendait. Lui seul serait capable de lui remonter le moral et, peut-être, de l'arracher à cet état troublant...

Capwell, de son côté, franchit les quelques mètres qui le séparaient d'une première porte. Il l'ouvrit, comprit son erreur en découvrant la rangée de balais et la lance d'incendie, referma.

Ses gestes avaient été si rapides, qu'il n'avait pu voir la forme tapie dans l'ombre... La silhouette d'un homme!

Installé là depuis la veille, par crainte d'être exclu du mariage, Peter Flint malaxait les derniers pétales d'un œillet blanc et murmurait :

– Notre mariage, Kelly. Nous deux, rien que nous deux. Je t'ai vue, tu es superbe dans ta robe blanche. Aussi belle que quand tu es nue... J'espère que mon cadeau t'a plu. Tous ces beaux œillets blancs... Ah, c'est vrai. Tu ne les as pas encore trouvés!

Kelly achevait d'enfiler sa robe de mariée lorsque son père fit son entrée dans la pièce.

– Papa! s'exclama-t-elle en se retournant brusquement. Je pensais bien que c'était toi...

Capwell se pencha sur sa fille et l'embrassa. Puis il

réalisa qu'ils n'étaient pas seuls dans la pièce. Une femme agenouillée aidait Kelly à démêler sa traîne. Son visage paraissait familier à Capwell, et elle rougit en le regardant.

– Papa, je te présente Mlle Suzanne Carlyle, fit Kelly. Suzanne est journaliste, elle veut écrire un article sur moi. Et j'ai bien l'impression que nous sommes en train de devenir amies...

La prétendue Suzanne Carlyle s'empourpra davantage, et Capwell se demanda si ce n'était pas de plaisir cette fois... Il la scruta, essayant de raviver sa mémoire, mais comment aurait-il pu discerner ses traits à travers d'aussi épaisses lunettes? Troublé, il chercha une parole de bienvenue. Sophia le prit de court :

– Votre fille Kelly est non seulement ravissante, mais aussi très brillante, dit-elle. Vous êtes un heureux père!

– Merci beaucoup. J'en suis convaincu... Alors vous êtes journaliste? Et votre article avance?

Sophia regarda Kelly, qui lui souriait, et de nouveau fixa son mari.

– Oui. Il est pratiquement terminé, grâce à elle. Je crois que je vais pouvoir arrêter mon enquête...

Elle hésita, puis :

– Monsieur Capwell, est-ce que je peux vous demander de m'accorder deux minutes?

Channing regarda sa montre. Cette journaliste ne manquait pas de toupet, avec tous ces invités qui l'attendaient. Néanmoins, elle l'intriguait. Au grand étonnement de Kelly, qui en sursauta presque, il acquiesça :

– Mais deux minutes, pas plus!

– Ici?

– Bien sûr. A moins que la présence de ma fille ne vous gêne...

– Pas du tout, dit Sophia précipitamment. Eh bien, voilà, je sais que vous êtes un homme assez secret, qui n'aime pas beaucoup se dévoiler, et surtout pas à la presse... (Elle rit.) Cependant, j'ai cru comprendre que votre ancienne femme, Sophia, était actrice. Elle exerçait donc un métier public...

Capwell se referma à l'évocation du nom de sa femme.

– Oui, répondit-il un peu sèchement. Mais elle a abandonné son métier après notre mariage, pour se consacrer à sa famille. C'était une mère parfaite, et une épouse formidable!

Sophia détourna le regard, gênée. Elle s'attendait à des regrets de la part de son mari, mais l'intonation de sa voix, la douleur qu'il avait mise dans sa réponse dépassaient de loin tous ses espoirs. Ainsi, Channing pensait toujours à elle. Elle fut prise d'une joie intense qui, un instant, lui fit oublier toute prudence.

– Monsieur Capwell, commença-t-elle d'une voix tremblante. Je... j'ai quelque chose à vous dire...

– Oui? fit Channing, intrigué.

Il ne devait sans doute jamais connaître les révélations qu'elle avait à lui faire, car, au même moment, la porte s'ouvrit. C'était Eden.

– Kelly, dépêche-toi un peu! dit-elle. Tout le monde t'attend.

Puis, apercevant Sophia, elle blêmit.

– Qu'est-ce que vous faites là, vous?

– Mlle Carlyle était en train de me poser quelques questions, intervint Capwell. Pourquoi? Cela te dérange?

Eden aurait voulu ne pas avoir à se montrer si dure, mais c'était plus fort qu'elle. Quinze années de frustration, de désespoir, d'amour filial bafoué, de solitude aussi, étaient remontées à la surface lorsqu'elle avait découvert la vérité. Elle ignorait si elle aimait encore sa mère. Mais, si un tel amour existait, il s'accompagnait de trop d'aigreur et de rancune. Il était trop tôt pour un pardon. Et, depuis à peine deux heures que Sophia était réapparue dans sa vie, Eden consacrait toute sa volonté à ne pas la haïr.

– C'est que... balbutia-t-elle, essayant de se rattraper. C'est que la cérémonie va commencer. Et Mlle Carlyle est très bavarde, tu comprends?...

Doucement, mais avec fermeté, elle prit Sophia par le bras et l'entraîna vers la sortie. Cette dernière se laissa faire, ne désirant rien moins qu'un esclandre.

Pour des familles désunies, ou dispersées, les mariages sont souvent l'occasion de retrouvailles plus ou moins souhaitées, et, de même que les enterrements, ils forment au-delà du rite une sorte de célébration à la continuité des liens. Ainsi en allait-il pour les Capwell, se disait Mason, qui, malgré son cynisme naturel, ne pouvait s'empêcher d'éprouver une certaine nostalgie en observant la foule autour de lui.

Ce mariage aurait pu être le sien, mais s'il se sentait abattu ce n'était pas tant à cause de la disparition de Véronica – qui pourtant lui avait laissé une douleur cuisante – qu'en raison de la situation de paria dans laquelle son père l'avait mis.

Les altercations étaient fréquentes entre Channing et lui. Seulement, aucune n'avait encore jamais atteint la violence de leur dispute d'hier. Dispute dont Mason avait pourtant oublié la cause, bien qu'il en subît déjà durement les effets.

En effet, personne n'avait pris la peine de le convier à la fête et, n'eût été pour Kelly, à laquelle le liait une affection sincère, Mason aurait très nettement préféré se trouver dans un bar, à noyer sa rancœur au fond d'un verre de whisky... Il regarda sa montre. La cérémonie allait commencer d'une minute à l'autre. A quelques mètres de lui, Joe piaffait d'impatience, écoutant d'une oreille distraite les plaisanteries de son ami Cruz; tous deux étaient superbes dans leur costume de satin gris. Puis il aperçut Ted. Le jeune homme le vit à son tour et, fendant la foule, se dirigea vers lui.

– Que fais-tu là? s'étonna Ted. Je croyais que tu n'étais pas invité.

– Je passais, j'ai vu de la lumière! rétorqua Mason avec ironie. Et toi, qu'est-ce que tu tiens dans la main?

Ted tenta de cacher le paquet de lettres que Laken venait de lui rendre. Lui non plus n'était pas à la fête. Et la réflexion suivante de son frère eut le don de raviver sa colère, qu'il tourna aussitôt contre lui.

– Les vestiges sacrés exhumés de la tombe d'un amour mort, railla Mason.

– Ne te mêle pas de cela! fit Ted, criant presque...

Mason se radoucit.

– Excuse-moi. Mais je ne suis pas responsable de ta brouille...

Ted hocha la tête, l'air absent, encore tout à sa peine. Il allait s'éloigner lorsque Mason le rattrapa par le bras. Mason en avait gros sur le cœur, et le « petit Ted », fragilisé par sa récente rupture, était la victime toute trouvée pour ses règlements de compte.

– ... Mais je crois que tu as mérité ce qui t'arrive!

Ted le fixa comme s'il avait soudain perdu la raison.

– Qu'est-ce que tu racontes?

– Tu as enfin terminé ton évolution pour devenir membre à part entière du clan Capwell, poursuivit

Mason d'un ton aigre. Un Capwell imbu de ses privilèges et de sa supériorité sur les autres. Mes félicitations. A présent, tu peux relever le gant et le jeter à la figure des Lockridge, comme tu l'as fait avec Warren. C'était très caractéristique. Tout à fait dans la lignée de notre belle famille...

Ted se dégagea brusquement. A cet instant, les premières mesures de la *Marche nuptiale* retentirent, et Kelly fit son apparition. Eden et Laken marchaient en seconde position, tenant la traîne. D'un même mouvement, tous les invités se levèrent, et les rumeurs cessèrent, faisant place à des murmures admiratifs.

– Laisse tomber, Mason! grinça Ted. Ce n'est ni le lieu ni le moment...

– Ah oui? ricana Mason. Je trouve pourtant l'endroit bien choisi. Une église, le jour du mariage de notre sœur... Tiens, voilà notre cher père. Tu as vu comme il est fier...

Mason avait décidé de vider son sac, et, cérémonie ou non, Ted comprit qu'il irait jusqu'au bout.

– La vérité est telle qu'elle est, Ted. Tu as voulu la peau de Warren, car tu es un Capwell, et, du coup, tu as perdu la femme de ta vie. Mais le problème c'est que, comme tous les Capwell, tu es incapable de supporter la vérité. Nous sommes nés avec un bandeau sur les yeux... Il faut dire que nous sommes tellement supérieurs à l'ensemble de la race humaine! Tu te rends compte, les autres descendent du singe, et nous du grand Channing Capwell Senior en personne!...

Mais Ted était parvenu à dégager son bras. La dernière phrase de Mason se perdit dans le vide, couverte par la voix de Jeffrey Osborne qui venait de succéder à l'orgue.

Bien qu'il fût dans un lieu sanctifié, Mason sortit

un étui en argent de sa poche et en extirpa une cigarette. Puis, appuyé à un pilier, il la glissa entre ses lèvres, sans l'allumer. Le regard rivé sur son père, qui venait de conduire Kelly à l'autel et s'en éloignait...

Kelly sourit à Joe, et Joe lui rendit son sourire, puis l'un et l'autre baissèrent les yeux, craignant sans doute de pouffer de rire. C'était le plus beau jour de leur vie, et leur nervosité se voyait à fleur de leur peau. Combien de fois n'avaient-ils pas répété la scène, pour jouer, dans l'intimité? Seulement, cette fois, elle se déroulait pour de bon; Joe et Kelly se sentaient comme des premiers communiants, intimidés au point d'en perdre le contrôle d'eux-mêmes. Leurs mains s'effleurèrent, et le geste n'échappa pas au pasteur qui, d'une main, fit taire les chœurs et tourna le micro vers lui.

– Mes chers amis, dit-il après s'être raclé la gorge. Mes chers amis, nous sommes rassemblés dans cette église, en présence du Dieu tout-puissant, pour unir par les liens sacrés du mariage Kelly Capwell et Joseph Perkins, ici présents... Qui donne cette jeune fille à son fiancé?

Channing Capwell revint sur ses pas.

– C'est moi.

– Très bien, fit le ministre. (Puis il tendit un livre.) Kelly, voulez-vous lire un poème? Il s'agit d'un psaume sanctifiant votre union...

Kelly accepta et releva son voile sous le regard ému de Joe. Le livre était épais et lourd. Elle se rapprocha du micro, l'ouvrit... et chancela.

L'intérieur du livre avait été évidé, les pages découpées, et cela formait une sorte de coffret. Et, dedans reposaient trois œillets blancs.

– Kelly? cria Joe en se ruant pour la soutenir.

Il vit les œillets, chercha Cruz du regard, puis il scruta les alentours. La foule était si dense qu'il était impossible d'apercevoir les contours de la nef. Pourtant, Joe était sûr que Peter se cachait quelque part.

– Cruz, dit-il. Il est ici...

– Du calme, répondit Cruz. Mes hommes vont le chercher.

Channing et Eden s'étaient empressés d'entourer Kelly. La jeune femme commençait à reprendre des couleurs. De nouveau, une rumeur s'élevait dans l'assistance, personne n'ayant compris ce qui s'était passé. Le pasteur intervint :

– Voulez-vous arrêter? demanda-t-il à Kelly.

– Non, non. Ça va...

– Vous voulez vraiment que je poursuive le service?

– Je vous en prie, révérend!

Plusieurs des invités étaient venus aux nouvelles et colportaient maintenant l'incident. Le ministre invita tout le monde au calme, puis attendit que Kelly et Joe fussent de nouveau réunis pour reprendre, d'un ton un peu plus rapide :

– Kelly, voulez-vous prendre cet homme pour seul et légitime époux, pour vivre avec lui selon les lois de Dieu dans l'état sacré du mariage? Êtes-vous prête à l'aimer, à l'assister, à l'honorer pour le meilleur et pour le pire, dans la santé et dans la maladie, dans la richesse et dans la pauvreté, jusqu'à ce que la mort vous sépare?

Kelly fixa Joe dans les yeux. Ses lèvres dessinèrent l'ébauche d'un « je t'aime », puis elle se tourna vers le pasteur et, résolument, répondit :

– Oui!

Quelques secondes plus tard, Joe fit de même.

Puis, l'un après l'autre, ils répétèrent la phrase rituelle d'engagement : Kelly d'une voix vibrante d'émotion, Joe avec la fougue d'un homme qui parvient mal à contenir sa joie.

– Et je te promets de te rester fidèle jusqu'à ce que la mort nous sépare ! conclurent-ils ensemble, avant d'échanger les alliances. Les deux amants étaient désormais des époux.

– Je suis si heureuse ! dit Kelly en se jetant dans les bras de Joe.

Ils s'embrassèrent sous les applaudissements et les vivats.

– Tu es sincère ? demanda Joe. Tu ne mens pas ?

Les yeux de Kelly étaient embués de larmes.

– La femme la plus heureuse de la terre ! dit-elle en l'embrassant de nouveau...

A tour de rôle, Cruz le premier, Eden ensuite, puis la quasi-totalité des deux familles, vinrent présenter leurs vœux aux nouveaux mariés. L'incident des œillets était presque oublié.

Sauf par Peter, qui attendait dehors, au volant de sa voiture. Sa main fureta sur le siège du passager. Il en ramena un voile blanc, extrêmement léger, qu'il se passa sur le visage. Un voile de mariée...

– Oh, Kelly, c'est magnifique ! murmura-t-il. Cette robe va te plaire. Tu la mettras pour danser dans notre chambre, ce soir...

Les portes de l'église s'ouvrirent. Les premiers invités en sortirent.

Peter mit sa voiture en marche...

CHAPITRE 13

Tout compte fait, Mason se moquait d'être invité ou non à la cérémonie. Du moins était-ce la phrase qu'il se répétait, croyant sans doute ainsi atténuer sa peine et sa frustration... De même avait-il fini par se convaincre que seule la curiosité le poussait à suivre le cortège lorsque les véhicules se mirent en file derrière la Rolls des mariés. Rolls au pare-chocs de laquelle, pour satisfaire à la tradition, quelqu'un s'était bien sûr empressé d'attacher une dizaine de casseroles, plus autant de boîtes de conserve...

La résidence Capwell apparut au détour de la petite route privée. Les voitures s'arrêtèrent. Mason entendit, de loin, les acclamations de bienvenue. Peu désireux de se mêler aux autres, il parqua son propre véhicule franchement à l'écart, puis en descendit avec l'intention de parcourir le reste du chemin à pied...

– Mason?

L'aîné des Capwell se retourna, gêné d'avoir été reconnu. Puis il soupira. Ce n'était que cette journaliste, Suzanne Carlyle, qui venait vers lui en courant.

Le fait d'être un paria fit naître en lui une sorte de sentiment de solidarité, et il l'attendit, souriant.

– Merci, dit Sophia. Je cherchais justement un cavalier pour m'accompagner à la fête...

Mason se rembrunit.

– Je crois que vous êtes mal tombée, hélas... De tous les Capwell, je suis le seul qui ne soit pas invité!

Sophia l'observa, se souvenant soudain de toutes les fois où Mason et son père s'étaient disputés, alors qu'elle-même tenait aux côtés du premier le rôle de belle-mère... voilà bien des années, presque dans une autre vie! « Le temps passe, songea-t-elle, et certaines situations sont destinées à ne jamais évoluer! »

Elle lui prit le bras et dit, d'un ton résolu :

– Qu'à cela ne tienne... Moi, je suis invitée! Alors, on y va?

Mason hésita. Mais qu'avait-il à perdre? Au contraire, c'était parfait ainsi. Il imagina la tête de son père si celui-ci venait à l'apercevoir durant une réception dont il lui avait interdit l'accès, et cela lui redonna le sourire. Sa main se referma sur celle de Sophia :

– On y va mademoiselle Carlyle. Et croyez-bien que tout le plaisir est pour moi!

Du même pas, ils remontèrent l'allée conduisant à la somptueuse résidence Capwell. Ils parvinrent à l'entrée alors que les nouveaux époux continuaient de parader, arrosés de riz et mitraillés par les flashes.

– Votre invitation? demanda un des cerbères engagé par Channing Capwell.

– La voici! dit Sophia en tendant le carton que lui avait donné Kelly.

L'un et l'autre franchirent le portail, parcourus d'une même sensation d'irréalité. Sophia, car elle avait l'impression de renaître; Mason, parce qu'il avait dû faire appel à une étrangère pour retourner chez lui...

« Une étrangère bien séduisante ! » remarqua-t-il en la regardant d'un peu plus près.

La réception était commencée depuis deux ou trois heures, et la voix de Jeffrey Osborne, suave, harmonieuse, accompagnait les danseurs, dont certains, par leur démarche, dévoilaient un état d'ébriété plus qu'avancé. L'alcool avait coulé à flots, et coulait encore sous le regard impassible d'une douzaine de serveurs en livrée, aussi dignes que des majordomes anglais. Sur la piste de danse, deux couples, étroitement enlacés, semblaient vouloir rivaliser de tendresse. L'un, pourtant, n'avait plus rien à prouver, puisque la fête était donnée en son honneur et qu'il venait d'être uni aussi bien devant les hommes qu'en présence d'une instance supérieure... Kelly était ivre sans avoir bu, ivre de cet amour qu'elle croyait désormais éternel, et titubait dans les bras de Joe qui, en retour, la caressait avec passion et ostentation, se moquant de la bienséance comme des regards envieux. Quant au second couple, s'il n'avait encore rien d'officiel ni même de pressenti, il était clair qu'une idylle n'allait pas tarder à le fondre : Eden et Cruz ne s'étaient pas quittés de la soirée...

Un peu plus tôt, alors que Jeffrey Osborne donnait un aperçu de son talent de *swinger*, le valeureux policier par interim avait entraîné sa compagne dans un rock endiablé dont les doyens de l'assistance avaient peine à se remettre, et, depuis, ils paraissaient glisser sur un nuage, étrangers au reste de l'univers.

La musique s'arrêta, et quelqu'un se racla la gorge dans le micro. Tous les couples se tournèrent vers

Channing Capwell qui, une coupe de champagne à la main, s'apprêtait à porter un toast. Kelly et Joe le rejoignirent :

– Merci, dit Capwell, une fois que les applaudissements eurent cessé. Une minute, s'il vous plaît. Je vous demande de lever vos verres au bonheur d'une jeune fille... non, je veux dire une jeune mariée, qui se trouve juste à mes côtés. Elle était, autrefois, un adorable bébé – mon dieu, il me semble que c'était hier! –, et c'est avec un peu de peine, mais aussi beaucoup de joie, que je la confie à Joe Perkins, mon nouveau fils. Mesdames et messieurs, à ce jeune couple formidable... Au bonheur de Mme et M. Perkins!

La salle fit écho, en une seule exclamation que Jeffrey Osborne accompagna à l'orgue, avant d'attaquer, un instant plus tard, les premières notes d'un de ses plus grands succès, déclenchant une salve d'applaudissements. Channing tendit le micro à Joe :

– D'accord, fit ce dernier. Moi aussi, j'ai un toast à porter. D'abord à mon beau-père et à son immense générosité. Ensuite à mon épouse (il hésita, sourit), ou l'inverse (tout le monde s'esclaffa)... Oui, à mon épouse, à une femme dont vous connaissez le rire et le sourire éclatants. Une femme à laquelle je n'osais espérer de m'unir, même dans mes rêves les plus fous. Pourtant, elle est là, à côté de moi, et je crois bien qu'elle m'aime... Sinon, je ne vois pas pourquoi elle m'aurait épousé!

Kelly se serra contre lui. Il conclut, avant de vider sa coupe d'un trait :

– ... A mon adorable Kelly que je chérirai toute ma vie!

Joe fit un véritable triomphe. Tant et si bien que Jeffrey Osborne, sans doute un peu jaloux, exigea de pousser la sono à fond avant de lancer sa dernière création musicale : une chanson qu'il avait écrite et composée spécialement en l'honneur des jeunes mariés. Ces derniers rejoignirent les danseurs et de nouveau s'enlacèrent pour un slow des plus languissants.

– Fais-moi une promesse, murmura Kelly à l'oreille de Joe.

– Laquelle?

– Celle de m'aimer toujours autant qu'aujourd'hui...

Joe promit. Et il était sincère. Il répéta même sa promesse plusieurs fois, profitant de l'occasion pour mordiller l'oreille de Kelly, qui éclata de rire.

Non loin d'eux, Eden et Cruz avaient repris leur lent déhanchement, portés par le slow et la voix langoureuse de Jeffrey. Ils n'osaient se parler, craignant peut-être, en rompant le silence, de briser la magie de l'instant. Mais avaient-ils besoin d'exprimer ce que leur corps et leur regard disaient déjà mieux que les mots? Cruz désirait Eden depuis le premier instant. Quant à elle, le mystère que représentait Cruz la fascinait. Sa force l'avait séduite. Son physique l'attirait. De plus, elle lui était reconnaissante de l'avoir sauvée...

« Ne serais-tu pas en train de tomber amoureuse? » se demandait Eden, tandis que la main de Cruz remontait délicatement dans le creux de son dos, provoquant d'agréables frissons.

La question resta sans réponse, car, au même instant, elle aperçut sa mère Sophia, dont elle ignorait la présence, et qui dansait à deux mètres d'elle, enlacée à Mason. Brusquement, elle s'écarta de Cruz.

– Excuse-moi, dit-elle. J'ai une affaire importante à régler...

Eden était convaincue d'avoir suffisamment effrayé Sophia lors de leur brève altercation pour ne pas risquer de la voir à la soirée. Apparemment, elle s'était trompée. Maîtrisant la colère qu'elle sentait monter en elle, elle se fraya un passage entre les danseurs et se planta devant sa mère. Celle-ci était en train de rire à une plaisanterie de Mason. Elle se figea et blêmit.

– Mademoiselle Carlyle? fit Eden en insistant sur le nom. Je suis heureuse de vous revoir. Il fallait justement que je vous parle. Pourriez-vous m'accorder un instant?

Sophia tenta de se défiler.

– C'est que... je suis en agréable compagnie, et...

– Mon frère est un galant homme, trancha Eden. Il comprendra parfaitement.

Puis, sans plus attendre, de même qu'elle l'avait fait dans le salon d'essayage de Kelly, elle prit Sophia par le bras et l'entraîna vers le patio.

La double porte vitrée refermée, on entendait encore la musique, mais en sourdine, quelqu'un ayant pris le parti de débrancher les haut-parleurs extérieurs; et l'endroit déserté se prêtait parfaitement à une discussion. Au milieu du patio, joyeusement éclairée, coulait une fontaine en forme de petite cascade. D'un mouvement familier, Sophia s'assit sur le rebord, puis invita sa fille à prendre place auprès d'elle. Un instant, Eden fut tentée. C'était leur place lorsque, enfant, elle s'entretenait avec sa mère de toutes ces choses futiles qu'une petite fille aime à confier. Mais c'était avant. Elle refusa.

Sophia se redressa à regret.

– Je veux que tu t'en ailles! attaqua Eden d'une voix dure. Je veux que tu enlèves cette perruque et ce déguisement et que tu disparaisses de Santa Barbara pour toujours.

Sophia était au bord des larmes. Elle se retint de pleurer, cependant.

– Toi, de tous mes enfants... murmura-t-elle. C'est curieux comme tu as changé. Et c'est dommage.

Eden éluda le reproche.

– Tu ressembles à ton père, poursuivit Sophia. Je me rappelle une nuit, tu devais avoir... deux ou trois ans. Il y avait un orage, avec des éclairs et des coups de tonnerre terribles. Tu t'es réveillée et tu es venue en courant dans notre chambre. Ton père a éclairé et il t'a demandé si tu avais peur. Mais tu étais déjà tellement fière... Tu as préféré lui répondre que tu avais soif, et il était sur le point d'aller te chercher un verre d'eau lorsque je t'ai proposé de dormir avec nous. Tu as sauté dans notre lit, si vite qu'on n'a pas eu le temps de voir ce qui se passait. Je t'ai tenue dans mes bras toute la nuit. Et, pendant que tu dormais, je pensais : « Quelle gentille petite fille. Elle a une volonté farouche, mais elle est émotive, et si vulnérable ! »

Sophia fixait sa fille tout en parlant. Elle espérait, évoquant le passé, provoquer en elle un sursaut d'affection, ou du moins forcer sa carapace, voir ses yeux s'embuer. Mais Eden resta de marbre :

– Le passé est sans importance ! grinça-t-elle. L'important, c'est que tu n'étais pas là quand on a eu besoin de toi. Ma mère est morte il y a quinze ans. Elle s'est noyée, et c'est tout. Alors, je te le demande une dernière fois, disparais de notre vie...

– Si seulement tu me laissais t'expliquer !

– Il n'y a rien à expliquer ! se buta Eden, faisant mine de tourner les talons.

La fureur déformait son visage. Mais, au-delà de la colère, il y avait, dans ses yeux, une étrange lueur. Tristesse, mélancolie, chagrin ? Regret d'un passé qu'elle n'avait pas connu ? Ou bien aigreur de ne pouvoir partager un secret trop lourd pour elle ?

Sophia la rattrapa d'une main, et l'obligea à se retourner.

– Tu vas m'écouter, à la fin! Tu n'as aucun droit de me juger sans connaître mes raisons.

– Tu avais un amant, cingla Eden. Lionel Lockridge. Voilà ta seule raison!

– Je voulais que cela finisse. Je voulais le chasser de ma vie et ne plus le revoir...

Eden afficha un air ironique.

– Il t'a fait basculer du bateau. Il a essayé de te tuer. Logiquement, tu aurais dû appeler la police.

– Oui, tu as raison... Tu as raison, Eden...

Sophia marqua un temps, les yeux rivés dans ceux de sa fille.

– ... Si seulement j'avais au moins su qui j'étais, comment je m'appelais et ce qui m'était arrivé!

La confidence fit à Eden l'effet d'une gifle. Elle s'assit enfin sur le rebord de la fontaine et secoua la tête, refusant de croire ce qu'elle venait d'entendre.

– Tu racontes n'importe quoi!

Mais Sophia avait creusé une brèche dans ses défenses. Elle s'y engouffra, poursuivant d'une voix presque suppliante, vibrante de sincérité :

– Eden, je ne me rappelle pratiquement rien des années suivantes. Mes souvenirs ne revenaient qu'en rêve, des éclairs de mémoire par-ci, par-là. Je me souviens d'avoir été portée par une vague sur la plage, d'avoir roulé sur des rochers, la tête la première, et ensuite plus rien. Le noir. Le noir qui s'estompe peu à peu. Une ampoule au plafond. Une cellule. On m'avait mis la camisole de force...

– Tu espères que je vais avaler ça? fit Eden sans conviction.

– ... Et les électrochocs! continua Sophia. Les drogues, les séances de lavage de cerveau. « Qui êtes-vous? D'où venez-vous? » Mais je n'en savais rien... Qu'aurais-je pu leur répondre. Alors, je piquais des crises de rage, et ils recommençaient. J'y suis restée cinq ans. Cinq années dans un asile. Tu sais ce que cela représente? Et puis, peu à peu, la mémoire m'est revenue. Je suis tombée sur un magazine où j'ai vu la photo de ton père, et je me suis souvenue de lui. Mais il était trop tard. Pour vous tous, j'étais morte. Alors, quand je suis sortie de l'hôpital, j'ai tenté ma chance en Europe. Jusqu'à ce jour, très récent, où j'ai repensé à Lionel. J'ai revu son regard haineux, et j'ai décidé de reconquérir la vie qu'il m'avait volée!

– Mais tu aimais Lionel!

Sophia prit la main d'Eden et la força à s'approcher.

– Comment pourrais-je encore aimer un homme qui a voulu me tuer?

Eden sut que, cette fois, sa mère disait la vérité. Une vérité sans doute partielle – bien des zones d'ombre restant encore à éclairer – mais suffisante pour ébranler ses certitudes et faire taire ses préjugés. Elle se laissa donc faire, silencieuse, lorsque Sophia la serra contre elle, murmurant des paroles que seule une mère sait prononcer.

Et son silence avait un avant-goût de pardon!

Lorsque la soirée battait son plein, Ted avait certainement été le seul à ne pas participer pleinement aux festivités. Certes, il avait invité Kelly à danser, ainsi que le veut la tradition; il avait aussi bu avec Cruz et Eden, puis fait semblant de rire aux mauvaises blagues de ses copains de lycée, et même écouté Mason lorsque celui-ci, complètement ivre, s'était une fois de plus épanché sur lui. Il avait aussi, bien sûr, applaudi son père lorsque ce dernier avait annoncé son prochain mariage avec Gina. Quelle nouvelle! Les révélations de Channing Capwell avaient fait l'effet d'une bombe sur la petite assemblée... Ted, le premier, s'était précipité pour le féliciter et embrasser sa future belle-mère.

Mais le cœur n'y était pas. Comment aurait-il pu s'amuser, et ne serait-ce que partager la joie de sa sœur et de sa famille, lorsque ce jour, à marquer d'une pierre blanche pour Kelly, et sans doute pour Gina, était aussi celui de sa rupture avec Laken?

Laken, qu'il n'avait pas quittée des yeux de la soirée, espérant, sans trop y croire, qu'elle viendrait vers lui, prête à une réconciliation. Il avait attendu en vain. Et, dieu! qu'elle était belle! Plus resplendissante que jamais dans sa robe légère, d'un bleu transparent, comme pour lui faire regretter sa maladresse et son entêtement. Et, lorsque vers minuit elle était partie, sans même lui adresser un regard, Ted avait compris qu'il n'obtiendrait plus jamais son pardon...

Les invités, maintenant, se dispersaient.

– Quelle magnifique réception! complimentait-on, près de l'entrée.

– Quel beau mariage... encore toutes nos félicitations!

Certains couples dansaient encore. D'autres flirtaient, affalés sur les coussins, dans les fauteuils, un verre à la main. Mais la plupart étaient sur le départ. Ted aperçut Kelly et Joe, qui tentaient de s'éclipser en compagnie de Cruz qui, cette nuit, leur servait de chauffeur. De loin, il leur fit un signe joyeux de la main.

Puis, le cœur gros, une bouteille de whisky à la main, il monta se coucher.

« Les voilà! » se dit Peter en entendant les klaxons se rapprocher. Un brusque remue-ménage dans le hall de l'hôtel lui confirma qu'il ne s'était pas trompé.

Peter Flint avait tout d'abord téléphoné à la réception pour s'assurer que la suite nuptiale était bien réservée au nom de M. et Mme Joe Perkins. L'employé ayant confirmé, Peter avait à son tour réservé une chambre sous un nom d'emprunt. Qu'importe le numéro. Le principal, pour lui, était de pouvoir passer la nuit ici. Et il n'avait même pas besoin de se montrer à la réception, puisque, ancien directeur de l'hôtel en question, il avait conservé un passe. Toutes les chambres lui étaient donc ouvertes.

Tapi derrière un panneau publicitaire qui vantait les splendeurs de la baie de Santa Barbara, il vit arriver Joe et Kelly, tendrement enlacés et, pris d'un accès de colère, il faillit se ruer sur eux. Mais à quoi bon prendre des risques? se modéra-t-il. Kelly lui appartiendrait au moment où il le déciderait.

Kelly abandonna Joe un bref instant, souhaitant se défaire de sa traîne avant de monter dans la chambre, et Peter, toujours caché, fut amusé de voir son rival se faire accoster par une jeune et jolie prostituée, dont la réception du palace était sans doute le terrain de chasse. L'air gêné de Joe Perkins faillit le faire éclater de rire.

– Je m'appelle Candy Fox, disait la fille. Fox, comme la danse. Ça vous dirait de danser avec moi?

– Il faudra que je demande l'autorisation à ma femme, répondit Joe. Je viens juste de me marier...

Kelly réapparut à cet instant. Peter comprit à son regard qu'elle était jalouse. Il lui en voulut. Mais ce n'était pas grave...

Il reporta son attention sur la fille dépitée, qui

suivait le couple des yeux. Elle était blonde – vraiment jolie – et ressemblait un peu à Kelly...

Peter attendit que le couple eût disparu avant de sortit de sa cachette.

– Bonjour, dit-il. Ou, plutôt, bonne nuit.

Aussitôt, la fille lui sourit. Un sourire franc et charmant, qui n'avait rien de commercial. Elle aimait son métier, ou c'était une remarquable comédienne.

– C'est curieux, poursuivit-il en la dévisageant, vous me rappelez une femme que j'ai connue...

– Pour plaire à un homme, je peux être n'importe quelle femme au monde, répondit Candy d'une voix un peu rauque.

Peter lui prit le bras.

– Je crois qu'on va bien s'entendre.

– Je le crois aussi. Comment s'appelle cette fille à qui je ressemble?

– Kelly.

– Alors, dit Candy Fox en lui emboîtant le pas vers l'ascenseur, pour vous je m'appellerai Kelly. Rien que pour vous, et pour toute la nuit!

– Votre prix sera le mien, sourit Peter.

Il tenait précieusement sous l'autre bras le carton d'emballage contenant la robe de mariée qu'il comptait offrir à Kelly. Un instant, il se demanda si Candy Fox avait la même taille qu'elle. Son déhanchement le rassura. Oui, la robe lui irait à merveille... Serrés l'un contre l'autre, ils entrèrent dans l'ascenseur.

Après tout, lui aussi aurait droit à une nuit de noces...

CHAPITRE 14

Le soleil n'allait pas tarder à se lever, s'il fallait en croire le chant des oiseaux et la douce luminescence qui, déjà, traversait les stores vénitiens.

Kelly s'étira, puis se blottit contre Joe.

– Cela a été la plus belle nuit de ma vie.

La bouteille de champagne renversée dans son seau, les vêtements éparpillés sur le sol, les fleurs que l'on n'avait pas pris la peine de mettre dans un vase ni même de déballer témoignaient d'unc nuit agitée dont tous deux portaient la langueur dans les gestes et le regard. Joe se souleva sur un coude et plaqua Kelly sur l'oreiller, tendrement.

– Et cela ne fait que commencer, mon amour...

Joignant le geste à la parole, il effleura ses seins, écartant la chemise de nuit dont il commença à défaire les boutons. Kelly soupira. La main de Joe descendit encore, tandis qu'elle se blottissait davantage, devenant chatte puis tigresse. Ils s'aimaient depuis si longtemps que leurs corps n'avaient plus aucun secret, mais cette nuit avait été porteuse d'émotions nouvelles, de sensations inconnues.

Amants la veille encore, ils étaient devenus mari et femme, et ce qui, jusqu'alors, s'enveloppait du parfum de l'éphémère s'était enrichi d'une certitude bien plus grisante : celle de l'infini de leur amour...

Leurs lèvres se touchèrent. Kelly ferma les yeux. Leurs mains se cherchèrent. Joe se rapprocha encore....

C'est alors qu'ils entendirent les cris!

Ils crurent tout d'abord qu'un poste de télévision avait été laissé allumé, et Joe s'apprêtait à émettre une plaisanterie fustigeant les mordus du petit écran lorsque les hurlements redoublèrent d'intensité.

– *Non, je vous en supplie, oh non... non!*

Aucune actrice au monde n'était capable d'une telle authenticité dans la détresse. Car il s'agissait bien d'une femme, dont l'appel angoissant traversait les murs. Kelly et Joe se regardèrent, bouleversés par la même pensée. Puis Joe bondit sur le téléphone.

– Dépêchez-vous! cria-t-il lorsqu'enfin il obtint le détective de l'hôtel. On est en train d'assassiner une femme dans la chambre d'à côté...

Mason se réveilla avec un mal de tête abominable, après une ou deux heures de sommeil à peine, et fut surpris de découvrir qu'il s'était endormi tout habillé sur le divan de son bureau. Il se leva, chancelant, et partit à la recherche d'un cachet d'aspirine ou d'un Alka Seltzer. Comment avait-il atterri là? Voilà une question à laquelle il était bien en peine de répondre... Il se souvenait simplement d'avoir trop bu et de s'être encore une fois disputé avec son père, qui l'avait chassé de la maison. Ensuite... rien. Le noir. L'oubli!

Les intentions de Mason étaient pourtant honorables quand – un peu titubant il est vrai – il avait cru bon de dévoiler à son père les deux ou trois informations qu'il possédait sur la future Mme Channing Capwell, autrement dit Gina. Puisque cette dernière avait la prétention de devenir sa belle-mère, autant prévenir le principal intéressé ; qu'il sache où il mettait les pieds... Après tout, c'était à son père de décider s'il voulait toujours épouser cette intrigante, une fois qu'il connaîtrait son passé. Passé peu reluisant, certes, dans la mesure où Mason savait, de source sûre, qu'elle avait jadis été mariée à un gangster, à Atlantic City, et se cachait maintenant en Californie sous un faux nom.

Channing ne l'avait pas cru, évidemment (ou bien il avait refusé de le croire), et l'intervention de Mason avait tourné au drame. Car c'était bien là la faiblesse de son père : les femmes avaient un peu trop prise sur lui.

Bref, Mason avait été non seulement expulsé, presque *manu militari*, mais de plus déshérité, et ce officiellement, devant témoins !

– Papa, grommela-t-il, tu peux aller au diable !

Il trouva les cachets dans le placard de son cabinet de toilette, en profita pour s'asperger le visage d'eau glacée, puis partit en quête d'un paquet de café et d'une bouilloire, qu'il savait avoir cachés dans un tiroir de son bureau. Après trois tasses, la migraine s'estompa, faisant place à une sorte de langueur : Mason regarda sa montre. Il était six heures. Pas étonnant qu'aucun de ses assistants ne fût encore arrivé. La plupart se trouvaient avec lui au mariage de Kelly, et, dans l'état où il les avait quittés, il était certain de ne pas les voir avant au moins midi...

Sa mémoire évoquant les visages de la veille, il la figea sur un souvenir troublant. Celui de la femme qui lui avait permis d'assister à la soirée : cette journaliste, Suzanne Carlyle. Malgré l'âge de Suzanne, et malgré lui, Mason se sentait attiré par elle. La soirée avançant, il avait malheureusement un peu trop forcé sur l'alcool, et il l'avait perdue de vue.

Mason se promit de l'appeler dès qu'il se sentirait mieux. Il se servit une quatrième tasse de café, alluma une cigarette...

C'est alors que le téléphone sonna.

A l'intonation de la voix de Kelly, il sut aussitôt qu'un drame s'était produit.

– Mason, fit-elle en hoquetant. Mason, c'est affreux... Il y a eu un autre meurtre. Dépêche-toi. Oh, dépêche-toi, je t'en prie!

La victime s'appelait Candy Fox. Fox, comme la danse. Un fox-trot qu'elle ne danserait plus jamais...

Elle reposait en travers du lit, les bras en croix, la tête enfouie sous un coussin. Le meurtrier l'avait étranglée avant de l'abandonner, pantin pathétique et dérisoire. La petite prostituée blonde avait connu sa dernière nuit d'amour.

Sur la couverture, à côté d'elle, on avait retrouvé un œillet. Mais le pire, ou le plus inquiétant, c'est que candy portait la même robe que Kelly. Une robe de mariée, blanche comme la fleur, avec sa traîne et déchirée de haut en bas.

Kelly était d'ailleurs en état de choc, et il avait fallu lui administrer un tranquillisant. Elle dormait dans la chambre d'à côté, sous la protection de deux policiers délégués par Cruz.

Joe se souvenait d'avoir croisé Candy Fox. Il narra l'incident à Mason qui, de son côté, était parvenu à la conclusion que le meurtrier avait fui par la fenêtre, juste avant l'intervention du détective de l'hôtel.

Ce devait être un rudement bon sportif, car la chambre se trouvait au troisième étage!

– On peut savoir où se trouve Peter Flint? demanda Mason à Cruz.

Celui-ci secoua la tête. Une dizaine d'hommes étaient à sa recherche, pour l'instant sans succès.

Joe pointa son doigt sur Mason.

– Alors, cette fois, vous êtes convaincu? Qu'est-ce que vous attendez pour lancer un mandat d'arrêt contre Peter?

– Je n'ai toujours pas de preuve, répondit le procureur à regret.

L'expression de Joe se fit dure.

– Eh bien, dépêchez-vous d'en trouver! grinça-t-il. ou alors, inventez-en. Car je peux vous assurer d'une chose : la prochaine victime sur sa liste, c'est Kelly!

Les jeunes mariés devaient s'envoler le jour même pour le lac Tahoe, en voyage de noces. Par mesure de sécurité, ils changèrent leurs plans et décidèrent de se réfugier dans la résidence secondaire des Capwell, à Palm Springs...

C'était malheureusement un changement que Peter Flint, avec une intuition démoniaque, avait aussi prévu!

CHAPITRE 15

Située en plein désert, à deux cents kilomètres environ au sud de Los Angeles, et dotée de conditions climatiques exceptionnelles, Palm Springs est sans doute la station thermale la plus à la mode des États-Unis. Oasis de rêve, c'est le lieu de rendez-vous des grosses fortunes de ce monde, pour qui posséder une maison à Palm Springs va autant de soi que rouler en Rolls ou en Ferrari.

L'hacienda de Capwell se trouvait un peu à l'écart du centre, au bout d'une longue et large avenue bordée de palmiers, à mi-chemin de la réserve indienne d'Agua Caliende. Kelly n'y était encore jamais venue, mais la résidence lui plut tout de suite. Discrète et élégante, elle se composait d'un bâtiment à un étage, construit au cœur d'une végétation luxuriante mais soigneusement entretenue, d'une petite piscine de forme ovale et d'un tennis. Un vrai paradis pour amoureux... Joe fut rassuré de voir sa femme enfin se détendre et s'exécuta avec bonheur lorsqu'elle lui demanda de la porter pour franchir le seuil. L'intérieur avait été conçu comme un nid. Murs lambrissés, grandes dalles de grès, bibliothèque abondamment pourvue, bar, téléviseur avec capteur de satellites, chaîne stéréophonique, salles de bains en marbre, lit immense recouvert de fourrures... Les nouveaux époux firent le tour du propriétaire, émerveillés comme des enfants.

– C'est fantastique! s'extasia Kelly. On ne pouvait pas rêver mieux!

– Tu es sûre que tu ne regrettes pas le lac Tahoe, la taquina Joe.

Elle esquissa un pas de danse, puis se laissa tomber sur le lit, les bras en arrière :

– Est-ce que j'ai l'air de regretter quelque chose? Regarde, par cette baie vitrée on a vue sur la piscine, avec la palmeraie derrière. Cela doit être super, la nuit, tout éclairé...

Comme tous les hommes, Joe était plus prosaïque. Abandonnant Kelly quelques instants, il alla vérifier le contenu du bar, puis celui du réfrigérateur. Ainsi qu'il le craignait, le couple de Mexicains qui s'occupait de la maison en l'absence des Capwell n'avait pas été prévenu de leur arrivée. Ou bien ils avaient oublié de prévoir les provisions. Quoi qu'il en fût, le garde-manger était vide.

– Tant pis! rétorqua Kelly lorsque Joe lui fit part de sa déconvenue. On se contentera d'amour et d'eau fraîche...

Elle rit à son air penaud – ils avaient roulé une bonne partie de la journée et on approchait de l'heure du dîner – et lui fit signe de s'approcher.

– Je veux du romanesque, pour changer! dit-elle en défaisant les boutons de sa chemise. J'en ai besoin. Je veux faire de cette semaine le souvenir le plus inoubliable de ta vie. Cela va être le paradis. Je vais te donner un bonheur si total que cela me semble impossible. Ne pense plus à manger ni à dormir. Pense seulement à nous. A notre amour...

Joe se dégagea alors qu'elle s'attaquait à son pantalon.

– C'est que... je suis incapable de penser à l'amour quand je meurs de faim.

Il esquiva de justesse un oreiller et éclata de rire.

– Je pense à toi, mon amour, dit-il en s'éloignant vers la porte. Je ne veux pas que dans une semaine on nous retrouve inanimés, dans les bras l'un de l'autre, et toi pesant à peine trente kilos. J'ai repéré un magasin sur la route. Il me faudra à peine un quart d'heure...

Kelly prit l'air boudeur.

– Embrasse-moi au moins, avant de partir...

– Pas question! Trop dangereux. Je risque de manquer l'heure de fermeture...

Rapidement, il se glissa dehors et referma la porte, qui arrêta deux chaussures en plein vol. Furieuse, Kelly sauta du lit. Elle rattrapa Joe dans la véranda et, voyant qu'il l'attendait, elle comprit qu'il s'était moqué d'elle.

– Très bien, fit-elle sans quitter le seuil. C'est toi l'homme, va nous chercher à manger. Mais avant je voudrais te montrer quelque chose...

Et, chantonnant un air langoureux, elle commença à se déhancher, mimant un strip-tease hallucinant. La petite robe d'été fit un tas à ses pieds. Kelly continua d'onduler, plus ravissante et désirable que jamais, vêtue seulement d'un slip et d'un soutien-gorge.

– Dou, bi, dou, bi-dou, ah...

Joe revint sur ses pas, les yeux exorbités. Il tendit la main vers elle. Mais, ravie du bon tour qu'elle venait de lui jouer, Kelly s'esquiva.

– Plus tard! railla-t-elle. Maintenant, j'ai faim.

Puis elle éclata de rire à son tour. Réconciliés, les deux amoureux s'embrassèrent. C'était si bon d'être seuls, d'avoir tout le temps devant soi, de se sentir caressés par la douce tiédeur d'un éternel été, à l'abri de tout et de tous. Loin de Santa Barbara et de ses périls...

– Reviens-vite, murmura Kelly en s'écartant la première.

Joe gagna la voiture et lui fit un petit signe de la main. Elle arrondit les lèvres et souffla dans sa paume.

Puis, une fois seule, elle ramassa sa robe et retourna dans la maison.

Elle se jeta sur le lit, les yeux pleins d'étoiles.

Peter était un homme patient. Il avait passé la journée entière à guetter leur arrivée, caché derrière un gros épineux, insensible aux crampes. Enfin, le couple était arrivé. Il avait vu Joe descendre de voiture, ouvrir la portière à Kelly puis la porter pour passer le seuil. C'est alors qu'il avait changé de poste d'observation, abandonnant le buisson pour l'ombre d'une fontaine de pierre accolée à la façade, juste sous une fenêtre. Tel un voyeur, il avait assisté à leur rixe amoureuse et, un peu plus tard, au strip-tease de Kelly. Redécouvrir son corps, qu'elle lui refusait désormais, avait décuplé sa rage. Mais Peter se sentait étrangement calme maintenant.

Joe était enfin parti!

Se redressant, il regarda de nouveau par la fenêtre. Kelly était toujours allongée et chantonnait en jouant avec ses doigts, comme si elle avait voulu dessiner des ombres chinoises. Elle semblait radieuse.

Et Peter, pris d'un accès de démence, se dit qu'elle l'attendait. Pourquoi sinon aurait-elle eu l'air si heureuse? Bien sûr, elle savait qu'il était là. Et, bientôt, elle partirait avec lui...

D'un bond, il fut près de la porte. Joe n'avait même pas pris la précaution de donner un tour de clé. Silencieux comme un chat, Peter poussa le battant, puis se glissa dans la maison. Kelly ne l'avait pas entendu entrer. Il l'appela, doucement.

– Kelly!

La jeune femme se redressa en sursaut. Peter espérait la voir sourire, mais son visage se décomposa. Elle cria presque :

– Qu'est-ce que tu fais ici?

– Tu... tu ne m'attendais pas? s'étonna Peter.

Et, si Kelly, à cet instant, avait encore eu le moindre doute sur l'identité du « tueur à l'œillet », l'expression de Peter, terrifiante, lui ôta ses dernières illusions. Elle vit, dans son regard, qu'il avait perdu la raison.

– N... non, balbutia-t-elle. Comment nous as-tu trouvés? Tu nous as suivis?

Peter se rapprocha, la bouche déformée par un rictus qu'il croyait être un sourire.

– Bien sûr que non. On avait prévu de venir ici il y a bien longtemps, souviens-toi. Tu voulais qu'on y passe notre lune de miel. Comment as-tu pu oublier?

– Peter, il y a des choses que tu ne comprends pas...

– Tu as raison. C'est vrai. Je ne comprends pas que tu ne m'embrasses pas. Tu aurais dû le faire dès que j'ai passé la porte. On dirait que je ne t'ai pas manqué... Pourtant, notre nuit de noces, on se l'était promise depuis si longtemps... Enfin, c'est arrivé, chérie. Ce soir...

Peter était maintenant près d'elle, à l'en frôler. Tout en parlant, il avait déplié ses grandes mains, tel un prêtre annonçant un sermon. Il se pencha sur elle, tenta de la saisir. Kelly bondit en arrière et se jeta au pied du lit. Elle avait l'intention de le contourner, puis de se ruer sur la fenêtre ouverte, qu'elle enjamberait. Il ne lui resterait plus alors qu'à courir en hurlant, jusqu'à ce qu'un voisin l'entendît. Elle amorça son mouvement. Mais Peter fut plus prompt. D'un saut de félin, il lui coupa la route, puis la plaqua sur le sol. Kelly hurla. La main de Peter chercha sa bouche. Elle mordit, se débattit. Mais la force de cet homme était terrifiante. Vaincue, elle fit semblant de perdre connaissance.

Il la souleva dans ses bras et la serra contre lui.

– Peter, ne me fais pas de mal, gémit-elle.

Il parut étonné.

– Moi te faire du mal? Mais je t'aime, Kelly. Tu es la seule femme que j'aie jamais aimée...

D'une main, il lui caressa les cheveux, relâchant son étreinte pour lui permettre de reposer les pieds sur le sol. Kelly comprit alors qu'elle disposait d'une arme. L'usage de la douceur était le seul moyen de le tromper. Et Joe allait réapparaître d'une minute à l'autre. Il fallait qu'elle gagne du temps.

– Je suis heureuse de te revoir, se força-t-elle à murmurer.

Un instant, le visage de Peter reprit presque son aspect normal. Kelly, malgré sa peur, ne put s'empêcher de le plaindre. Après tout, elle l'avait aimé, à sa façon. Et aujourd'hui son ancien amant était devenu fou.

– Tu sais, je t'ai apporté un cadeau, dit-il.

De sa poche, Peter sortit un œillet blanc, qu'il lui tendit. Et ce fut alors comme si le calme avait précédé la tempête. Ses traits se crispèrent, ses pupilles se dilatèrent.

Le poing de Peter s'abattit sur la tempe de Kelly.

– Maintenant, il faut partir d'ici! dit-il en la soulevant de nouveau. Vite, avant le retour de l'autre...

Il la porta, comme une poupée morte. Sa voiture était garée à quelques dizaines de mètres de là, cachée par un bosquet. Il laissa Kelly tomber sur le siège, prit encore le temps de l'installer confortablement, puis se glissa au volant.

Sans un regard pour les phares qui venaient d'apparaître sur la route et dont le faisceau troua bientôt l'obscurité naissante de l'allée.

Joe arriva en sifflotant, les bras chargés de paquets. La porte était restée entrouverte, aussi n'eut-il qu'à la pousser du pied. Le silence dans lequel était plongée la maison ne l'inquiéta pas tout d'abord. Ni l'absence de Kelly. Convaincu qu'elle lui faisait une farce, il prit le temps de vider les sacs sur la table du salon tout en en énumérant le contenu, très fier de lui :

– Caviar... Je crois que tu aimes cela, non? Celui-là vient tout droit de Russie. Un peu de saumon fumé pour aller avec et, bien sûr, du champagne français. Je sais que ton père préfère le vin californien, mais j'espère que tu n'es pas comme lui... Kelly?

Normalement, le mot « caviar » aurait dû la faire apparaître. Kelly n'y résistait jamais. Bon, elle avait décidé de jouer à cache-cache. Joe déposa encore une bouteille de vodka, un sachet de blinis, puis il partit en quête d'un seau à glace...

– Tant pis pour toi, dit-il, toujours aussi désinvolte. Je vais m'empiffrer tout seul, puisque tu n'es pas là...

C'est alors qu'une petite tache blanche sur le sol, au milieu du salon, attira son attention. On aurait dit un mouchoir froissé, ou encore une fleur écrasée... Joe se pencha. Son sang se glaça.

C'était bien une fleur : un œillet blanc!

Cruz avait l'impression de vivre un rêve. Et les événements s'étaient succédé avec une telle rapidité, ces derniers jours, qu'il avait eu à peine le temps de les analyser.

Tout d'abord, le mariage de Joe et Kelly. Les deux amoureux étaient enfin ensemble, comme ils l'avaient toujours souhaité. Et, cette fois, bien à l'abri. Qui irait les chercher à Palm Springs, alors que tout le monde les croyait au lac Tahoe?

Rassuré sur leur sort, Cruz avait pu enfin se consacrer aux affaires en cours. Elles se divisaient en deux catégories : professionnelle, dans un premier temps; sentimentale ensuite.

Sur le plan professionnel, Cruz avait remporté son premier succès en se voyant confier l'entière responsabilité de l'enquête sur la série de meurtres. Enquête freinée jusqu'alors par la méticulosité et les préjugés de Mason, qui refusait d'admettre la culpabilité manifeste de Peter. Or Mason avait décidé de consacrer l'essentiel de ses efforts aux

Lockridge, Lionel et Warren, dont la complicité dans l'assassinat de Channing Junior paraissait désormais évidente. Cruz avait donc carte blanche. Et ses dernières investigations, tant auprès du médecin de Peter que sur les lieux des différents crimes qu'il avait de nouveau passés au crible, n'avaient fait que confirmer ses doutes. Selon le médecin, Peter était atteint d'un anévrisme au cerveau, dont l'évolution avait pu compromettre son équilibre mental. Par ailleurs, on avait retrouvé ses empreintes près du corps de sa dernière victime, Candy Fox. Apparemment, Peter avait perdu toute prudence.

Concernant les chances de survie de Peter Flint, le médecin s'était montré évasif. L'anévrisme pouvait rompre d'un instant à l'autre, puisque Peter ne se soignait pas. Dans ce cas, c'était la mort immédiate. Peter se savait condamné. Ses actes étaient désormais ceux d'un désespéré...

– Nous le retrouverons, avait promis Cruz au maire. Peter ne pourra plus aller bien loin, maintenant que nous savons qu'il est le tueur!...

Confiant en la capacité de ses hommes, Cruz n'avait pu s'empêcher d'afficher un certain optimisme. Optimisme qui tournait à l'euphorie lorsque, secrètement, il glissait de ses obligations professionnelles vers sa vie sentimentale.

Celle-ci se résumait à un nom, un visage de femme... Eden Capwell!

Eden, qui lui avait offert ses lèvres à leur dernier rendez-vous, comme une promesse de délices futurs, et dont la silhouette et les traits apparaissaient, balayant tout le reste, dès qu'il fermait les yeux...

Comme maintenant!

Il était tard, et Cruz s'apprêtait à se coucher,

bercé par l'image du visage aimé. Oui, il vivait un rêve. Mais les rêves sont fragiles, Cruz aurait dû le savoir.

Le téléphone sonna. Et, de nouveau, il plongea dans le cauchemar.

– Cruz, fit la voix tendue de Joe. C'est horrible. Kelly a disparu...

« Kelly, enfin, notre lune de miel... Tu as toujours aimé prendre des décisions brusques, n'est-ce pas ? Rappelle-toi cette fois, à San Francisco. On devait dîner dans un grand restaurant, et à la dernière minute tu as décidé de rester dans une petite auberge bavaroise à Solvang. Souviens-toi, Kelly. Tu as dit que c'était le meilleur souvenir de ta vie. Je vais te ramener là-bas, aussitôt que tout sera réglé. Mais, d'abord, il faut que je prévienne le pasteur. Nous nous marierons dès qu'il sera là. Tu es bien, ma chérie ? Sais-tu que tu es ma seule raison de vivre ? Tu dors ? Oui, tu as raison. Repose-toi. Je suis là. Je te protège... »

Kelly reprit connaissance dans un lieu inconnu, une petite cabane, meublée de bric et de broc, sombre, poussiéreuse. Il faisait une chaleur effroyable. Aussitôt, elle reconnut le visage de Peter, penché sur elle.

– Que se passe-t-il ? gémit-elle. Pourquoi m'as-tu attachée ?

Il lui caressa le visage.

– Tout va bien. C'était pour ta propre sécurité. Je vais défaire tes liens... Voilà.

Kelly frotta ses membres endoloris. La corde avait laissé une marque profonde sur ses chevilles et ses poignets. Elle regarda autour d'elle. L'intérieur de la cabane était sinistre.

– Pourquoi m'as-tu emmenée ici? Je n'aime pas cet endroit. On va rester longtemps?...

Peter parut peiné. L'air d'un homme qui vient d'offrir un présent et constate que son cadeau n'est pas apprécié.

– Oui, longtemps, souffla-t-il. Ou peut-être pas... Tu sais, je suis malade. Mais, n'aie crainte, nous passerons le reste de notre vie ensemble, comme tu me l'avais promis... Et, quand arrivera mon heure de mourir, je sais que tu viendras avec moi. L'éternité nous appartient, Kelly.

Il sourit de son sourire de dément, et Kelly frissonna.

CHAPITRE 16

Les recherches duraient depuis une semaine, et, cette fois, il semblait qu'il n'y eût plus d'espoir. Pour Joe, qui évoluait entre incertitude, angoisse et jalousie, ce fut un moment effroyable, pire qu'un cauchemar. Cent fois, il crut que Kelly était morte. Et, cent fois, Cruz dut lui insuffler le courage de subir cette épreuve.

Les forces de police de Palm Springs s'étaient jointes à celles de Santa Barbara. Dix hélicoptères sillonnaient en permanence les centaines de kilomètres carrés de désert, tandis qu'une cinquantaine de véhicules, équipés des moyens logistiques les plus sofistiqués, fouillaient la ville et la réserve indienne avoisinante. Autant chercher une épingle dans une meule de foin.

Il ne restait plus que vingt-quatre heures.

Ensuite, les recherches cesseraient...

Kelly comprit bien vite qu'elle ne pouvait compter que sur elle-même pour se tirer d'affaire. Peter était peut-être fou, mais il était malin. Les premiers jours, il lui expliqua, très fier de lui, comment il avait réussi à effacer leurs traces. La cabane isolée était abandonnée, sans propriétaire depuis une décennie. Perdue en plein désert, cachée des regards par un massif montagneux, elle avait appartenu, jadis, à un chercheur d'or. Et il pouvait se passer des mois sans que s'en approchât un être humain.

Peter dépérissait à vue d'œil. Il lui avait parlé de sa maladie, confié ses doutes, sa tristesse. La certitude de sa mort prochaine le rendait indifférent. Elle seule l'intéressait. Leur mariage... Il lui avait fait l'amour, et Kelly s'était laissé faire, dégoûtée, dans le seul espoir de gagner quelques heures de plus.

Ce matin-là, il lui avait annoncé, d'un ton égal masquant une indicible désespérance :

– Je vais mourir, Kelly. Je crois que je n'en ai plus que pour quelques heures. Nous ne connaîtrons jamais nos enfants...

Elle fit semblant de le plaindre. Au fond d'elle-même, d'ailleurs, ne le plaignait-elle pas vraiment ?

Le premier jour, elle s'était révoltée. Ils s'étaient battus. Elle l'avait même blessé d'un coup de couteau. Mais il semblait, depuis, qu'il lui eût pardonné leur rixe. Peter ne lui demandait qu'une chose : qu'elle ne prononçât jamais le nom de Joe.

– Je vais mourir, reprit-il, le regard perdu dans le lointain, fixant sans la voir la ligne d'horizon au-delà des dunes de sable.

Il faisait une chaleur d'enfer. C'était l'enfer, dans lequel Peter l'avait enfermée.

– Je vais mourir. Il ne faut pas que l'on reste ici. Attends-moi. Je vais chercher la voiture...

Alors, Kelly avait repris espoir. Ici, abandonnée au milieu de nulle part, elle ne pouvait rien faire. Bouger, quitter ce lieu, représentait une nouvelle chance.

Peter la laissa seule quelques instants. Elle s'empressa de fouiller la cabane. Trouva un chiffon. Un briquet. C'était peu, mais, lentement, un plan se formait dans sa tête. La radio n'avait-elle pas annoncé que dix hélicoptères la cherchaient? D'ailleurs, la veille encore, ils avaient été survolés par un des appareils. Peter, bien sûr, avait aussitôt éteint toutes les lumières.

Un feu! Il fallait qu'elle allume un feu...

Elle entendit un bruit de moteur, cacha le chiffon et le briquet. Peter descendit de voiture, en fit le tour, entra dans la cabane chercher quelques affaires...

– Je t'attends dehors, dit-elle.

Peter lui sourit, sardonique, et lui montra les clés.

– Tu n'espères pas t'échapper, quand même?

– Non, j'ai juste besoin de prendre le soleil. Je t'attends...

Son plan était simple. Elle le mit à exécution sur-le-champ. Le chiffon glissé dans le réservoir d'essence fit une mèche, et la voiture devint une bombe.

Lorsque Peter ressortit, elle n'eut plus qu'à allumer. Puis partir en courant.

– Kelly! hurla Peter.

Le souffle de l'explosion la souleva de terre.

Avant de perdre connaissance, elle vit Peter qui se roulait sur le sol, les vêtements enflammés...

ÉPILOGUE

Channing Capwell était à bord de l'hélicoptère lorsqu'ils repérèrent une colonne de fumée qui s'élevait en plein désert.

Kelly fut retrouvée indemne, quoique légèrement contusionnée, des brûlures superficielles aux bras et aux jambes.

On crut tout d'abord que Peter avait été tué pendant l'explosion, mais, hélas, son corps resta introuvable.

Le lendemain, les radios de Palm Springs diffusèrent l'information suivante :

« La police locale recherche toujours le “ tueur à l'œillet ”, qui se cache actuellement quelque part dans le désert. Il a maintenant été identifié. Il s'agit de Peter Flint, de Santa Barbara. Flint est d'une taille un peu au-dessus de la moyenne, il a les cheveux blonds et les yeux bleus. Il est âgé de vingt-huit ans. Si vous apercevez quelqu'un dont le signalement corresponde, prévenez immédiatement la police.

Peter Flint est considéré comme extrêmement dangereux et capable de n'importe quel acte criminel. »

Table des matières

Cet ouvrage a été réalisé sur
Système Cameron
par la SOCIÉTÉ NOUVELLE FIRMIN-DIDOT
Mesnil-sur-l'Estrée
pour le compte de TF1 Éditions,
64, rue Pierre Charron, 75008 Paris
en mai 1990

Imprimé en France
Dépôt légal: mai 1990
N° d'impression : 14664
ISBN : 2-87761-010-1